Bianca™

Lynn Raye Harris
Aroma de traición

HARLEQUIN™

Editado por HARLEQUIN IBÉRICA, S.A.
Núñez de Balboa, 56
28001 Madrid

© 2013 Lynn Raye Harris
© 2014 Harlequin Ibérica, S.A.
Aroma de traición, n.º 2296 - 12.3.14
Título original: The Change in Di Navarra's Plan
Publicada originalmente por Mills & Boon®, Ltd., Londres.

I.S.B.N.: 978-84-687-3953-3
Depósito legal: M-36168-2013
Editor responsable: Luis Pugni
Fotomecánica: M.T. Color & Diseño, S.L. Las Rozas (Madrid)
Impresión en Black print CPI (Barcelona)
Fecha impresion para Argentina: 8.9.14
Distribuidor exclusivo para España: LOGISTA
Distribuidor para México: CODIPLYRSA
Distribuidores para Argentina: interior, BERTRAN, S.A.C. Vélez
Sársfield, 1950. Cap. Fed./ Buenos Aires y Gran Buenos Aires,
VACCARO SÁNCHEZ y Cía, S.A.

Capítulo 1

EH, TÚ, levántate.

Holly Craig levantó el rostro y vio al hombre alto e imponente. El estómago le dio un vuelco ante la pura belleza viril de él. Tenía el cabello oscuro, penetrantes ojos grises y una mandíbula que parecía esculpida en mármol de Carrara. Elegante nariz y pronunciados pómulos completaban su fisonomía.

–Vamos, chica, no dispongo de todo el día –dijo él con voz sofisticada y cortante.

Italiano, pensó Holly. El acento italiano no era marcado, más bien refinado y suave como el buen vino. O como un buen perfume.

Holly agarró la cartera, una cartera de segunda mano que ni siquiera era de piel, y cambió de postura en el sofá.

–No estoy segura de que no haya un malentendido...

Él chasqueó los dedos.

–Has venido a verme, ¿no?

Holly tragó saliva.

–¿Es usted el señor Di Navarra?

–Naturalmente –respondió él sin disimular su irritación.

Holly se puso en pie, nerviosa y ruborizada. No debería haber dudado de que ese hombre fuera el poderoso presidente de Navarra Costmetics. Además había visto la foto de la persona de la que podía depender su futuro. Todo el mundo sabía quién era Drago di Navarra.

Al parecer, todo el mundo excepto ella. La entrevista era de suma importancia y había empezado muy mal. «Tranquila, *ma belle*», le habría dicho su abuela. «No hay nada que te impida hacer esto».

Holly fue a estrecharle la mano.

–Sí, señor Di Navarra, soy Holly...

Pero Di Navarra, con gesto desdeñoso, la interrumpió:

–Da igual quien seas –Di Navarra empequeñeció los ojos al fijarse en ella. A pesar de que llevaba su mejor vestido, era de hacía cinco años; no obstante, era negro y no estaba mal. Era el único que tenía.

Confusa por lo extraño de la situación hasta el momento, Holly alzó la barbilla. No obstante, se contuvo para no insultarle por su comportamiento grosero, no quería estropearlo todo.

–Date la vuelta –le ordenó él.

Con las mejillas encendidas, Holly giró un círculo completo.

–Sí –le dijo él a su ayudante que tenía al lado–. Creo que esta nos servirá. Diles que ya vamos.

–Sí, señor –respondió la mujer antes de volverse y regresar hacia el despacho del que los dos habían salido.

–Vamos –dijo Drago.

Holly tenía dos alternativas. Podía decir que no, que no iba a ninguna parte. Podía decirle que era un maleducado, que ella había ido allí porque tenía una cita y no para aguantar que la hablaran con desdén y le dieran órdenes.

O también podía seguirle, averiguar a qué se debía el extraño comportamiento de él y aprovechar la oportunidad para presentarle sus ideas. Estaba ilusionada con sus logros. Le recordaban a su abuela y a las muchas horas que habían pasado juntas pensando en cómo mejorar los perfumes en vez de limitarse a vender los que tenían a la gente de la zona.

Le había costado mucho lograr una entrevista con ese hombre. Había gastado todos sus ahorros en llegar hasta allí, solo le quedaba dinero para volver a su casa. Si desperdiciaba esa oportunidad perdería mucho más que el dinero. Perdería su sueño y el de su abuela. Tendría que volver a casa y empezar desde abajo.

Porque la abuela había muerto y pronto perdería la casa. No podía permitirse el lujo de conservarla. A menos que convenciera a Drago di Navarra de invertir en su negocio.

–Sí, vamos –dijo ella.

Drago sintió los ojos de ella fijos en él, lo que no tenía nada de extraordinario. Gustaba a las mujeres, cosa que no le molestaba. No, por el contrario, era una ventaja; sobre todo, teniendo en cuenta la naturaleza de su negocio.

Su trabajo consistía en mejorar el aspecto de la gente, así que no estaba de más ser atractivo.

Él utilizaba productos Navarra: jabón, agua de colonia, cremas y champú. Y hablara con quien hablase, insistía en los beneficios de usar esos productos.

Ahora, sentado en el asiento posterior de la limusina con unos papeles en las manos, examinaba la información del estudio de mercado realizado sobre la nueva gama de productos NC que iba a ser lanzada al mercado ese otoño. Le gustó lo que vio. Sí, le gustó mucho.

Lo que no le gustó era la chica que la agencia le había enviado. Era la cuarta modelo que había visto aquella mañana y, aunque por fin habían acertado, le irritaba que, en vez de la primera, fuera la cuarta la que presentaba la mezcla de inocencia y sensualidad que requería la modelo para su campaña de promoción.

Él iba a vender frescura y belleza, no el estereotipo de mujer de las últimas modelos a las que había visto, cuya dureza, especialmente visible en su mirada, traicionaba la imagen de inocencia que querían proyectar.

Esta chica, sin embargo...

La miró con descaro, complacido con lo que veía. Ella, inmediatamente, bajó los ojos y enrojeció. Una dolorosa sensación se apoderó de él de improviso. Tuvo una reacción visceral a aquella dulzura, el cuerpo se le endureció como hacía mucho que no le ocurría. No, no le faltaban mujeres con las que acostarse, muchas mujeres, pero se había convertido en algo mecánico, no una forma de escape o una manera de relajarse.

Le resultaba interesante su reacción.

Volvió a pasear la mirada por la chica y, de nuevo, pensó en lo mucho que le gustaba. Ella llevaba un traje barato, aunque le sentaba bien. Calzaba zapatos de ante color rosa de tacón alto y estaban nuevos, a juzgar por la suela en la que aún se veía la etiqueta con el precio, visible debido a que la chica había cruzado una pierna sobre la otra.

Inclinó la cabeza. Cuarenta y nueve dólares con noventa céntimos.

No eran zapatos de Jimmy Choo ni de Manolo Blahnik, desde luego. No había imaginado que llevara unos zapatos de mil dólares, pero sí que fuera algo más sofisticada.

Algo extraño, teniendo en cuenta que lo que realmente no quería era sofisticación. No obstante, esa chica era modelo de una de las mejores agencias de Nueva York. ¿No debería ir algo más preparada? Por otra parte, quizá acabara de salir del pueblo y los de la agencia la hubieran enviado a la desesperada.

—¿Cuánto hace que trabajas en esto? —preguntó él.

Ella lo miró. Parpadeó. Tenía ojos azules, cabellos rubios rojizos y unas pecas salpicaban su pálida piel. Tendría que advertir al fotógrafo que no eliminara las pecas, enfatizaban la imagen de frescura.

—¿En esto?

Drago contuvo su impaciencia.

—Sí, *cara*, ¿cuánto tiempo llevas trabajando de modelo?

Ella volvió a parpadear.

—Ah, bueno, yo...

—No voy a enviarte de vuelta a casa aunque este sea tu primer trabajo —le espetó él—. Lo único que me importa es que le gustes a la cámara. Así que, por mí, como si acabaras de salir de la granja de tus padres.

Ella volvió a ruborizarse. Esta vez, alzó la barbilla. Sus ojos lanzaron chispas gélidas.

–No veo por qué tiene que ser tan grosero –le espetó ella–. Tanto si se es rico como si no, no está de más un poco de educación y buenos modales.

Drago tuvo ganas de echarse a reír. Era como si un gatito le hubiera bufado. La tensión comenzó a disiparse.

–Te pido disculpas por mis malos modales –dijo él.

Ella se cruzó de brazos y adoptó una expresión seria.

–En ese caso, gracias.

Drago dejó los papeles a un lado en el asiento.

–¿Es la primera vez que vienes a Nueva York?

La vio humedecerse los labios con la lengua. Sintió una punzada en la entrepierna.

–Sí –respondió ella.

–¿De dónde eres?

–De Luisiana.

Drago se inclinó hacia delante, consciente de que tenía que hacerla sentirse cómoda si quería sacar provecho de la sesión de fotos.

–No te preocupes, harás un buen trabajo –declaró él–. Lo único que tienes que hacer es mostrarte tal y como eres delante de la cámara, no intentes parecer sofisticada.

Ella bajó la mirada y pasó las yemas de los dedos por el borde de su chaqueta.

–Señor Di Navarra...

–Drago. Y tutéame, por favor –interpuso él.

Ella volvió a alzar la mirada. Sus ojos azules mostraban preocupación. Súbitamente, él deseo besarla, erradicar esa expresión. Cosa rara en él. No era que no saliera con algunas modelos, pero aquella chica no era la clase de modelo con la que solía salir. Le gustaban altas y elegantes, de aspecto gélido como el hielo.

Salía con mujeres que no eran idealistas persiguiendo un sueño, como parecía ser esta. Lo que despertó su instinto protector, entrándole ganas de enviarla de vuelta a Luisiana.

Quería que esa chica volviera a su casa, que dejara de soñar con lograr fama y fortuna en Nueva York. Aquella ciudad la destruiría. En cuestión de unos meses, acabaría drogadicta, alcohólica y vomitaría todo el día con el fin de perder algún que otro kilo de más que la industria de la moda, estúpidamente, se empeñaba en afirmar que le sobraba.

Pero antes de poder decir nada de lo que estaba pensando, el coche se detuvo y la portezuela, casi inmediatamente, se abrió.

—Menos mal, señor Di Navarro —declaró el director de escenarios—. La chica no ha venido todavía y...

—Está conmigo —lo interrumpió Drago.

El otro hombre volvió la cabeza y la vio.

—Excelente —el hombre chasqueó los dedos mirándola—. Venga, vamos. Tenemos que maquillarte.

Drago sonrió con intención de darle ánimos al ver su expresión de horror.

—Vamos, Holly, ya verás como todo sale bien. Te veré después de que acabe la sesión.

Ella pareció aliviada.

—¿En... serio?

Parecía sentirse muy sola en esos momentos. Entonces, sin saber por qué, preguntó a la chica:

—¿Tienes algo que hacer esta noche?

Ella sacudió la cabeza.

Drago sonrió. Sabía que no debía, pero iba a hacerlo de todos modos.

–En ese caso, cenaremos juntos.

Holly nunca había comido en un restaurante elegante, pero ahí estaba y, además, en un salón privado acompañada del hombre más guapo que había visto en su vida. Y su fascinación por él aumentada con cada segundo que pasaba.

No habían empezado con buen pie, pero la relación entre los dos estaba mejorando por momentos. En realidad, Drago era un hombre muy... agradable.

Solo había un problema, pensó Holly con el ceño fruncido mientras él le hablaba de la sesión fotográfica de aquel día. Ella no era una modelo, pero había estado en mitad de Central Park y se había dejado maquillar, vestir y peinar. Después, al encontrarse delante del fotógrafo, se había quedado inmóvil mientras se preguntaba cómo había podido permitir que las cosas llegaran tan lejos.

Había querido hablarle a Drago di Navarra de sus perfumes, pero los acontecimientos la habían desbordado y, al final, había sido demasiado tarde. Se había callado, en vez de explicarse como debería haber hecho. Pero había temido que si explicaba quién era y el motivo de su presencia allí él se habría enfadado con ella.

Y eso no le convenía.

Después, Drago la había llevado a cenar y ella había seguido callada como una niña asustada. Aún llevaba el último vestido que había lucido durante la sesión fotográfica, un vestido de seda color berenjena y un par de zapatos escotados de Christian Louboutin. En cierto modo, la experiencia estaba resultando ser como un sueño. Se encontraba en Nueva York, cenando y tomando vino con uno de los hombres más apuestos del mundo, y quería grabar en su memoria hasta el mínimo detalle.

Sin embargo, en cierto modo era un día aciago. Había ido allí para presentar sus perfumes, no como modelo de Navarra Cosmetics. ¿Cómo iba a explicárselo? ¿En qué momento?

Sin embargo, tenía que hacerlo. Y pronto. Pero cada vez que abría la boca con intención de decírselo, algo se lo impedía. Interrupciones, distracciones. Y cuando Drago alargó el brazo y le agarró la mano, todo pensamiento consciente voló de su mente.

—Has estado fabulosa, Holly —dijo él.

Entonces, le alzó la mano y se la besó. Una corriente eléctrica le recorrió el cuerpo y se estancó en el centro de su feminidad, haciéndola sentir cosas que jamás había sentido.

En su tierra natal había tenido un novio. La había besado. No habían hecho nada más porque ella no había querido. Al final, él había roto con ella y se había ido con su amiga Lisa Tate. Todavía le dolía.

—Eres muy egoísta, Holly —le había dicho aquel novio en tono de acusación—. Lo único que te importan son tus perfumes.

Holly volvió al presente e intentó ignorar los latidos de su cuerpo. Sabía a qué respondían. Aunque nunca hubiera hecho el amor, no era tonta. Había deseado a Colin, pero no lo suficiente como para sucumbir a él.

Sin embargo, con ese hombre, sí podía verse a sí misma sucumbiendo. El corazón le dio un vuelco al clavar los ojos en las grises profundidades de los de él.

«Díselo, Holly. Díselo ahora mismo».

–Gracias –respondió ella bajando la mirada.

–Eres muy natural. No me cabe duda de que llegarás muy lejos como modelo siempre y cuando no permitas que la industria te corrompa.

Holly abrió la boca para hablar, pero en ese momento sonó el teléfono móvil de él. Drago, al ver quién era, dijo algo en italiano que, a juzgar por el tono, debió ser una maldición.

–Discúlpame –dijo él–. Tengo que responder la llamada, es importante.

–Sí, claro –respondió ella.

Mientras esperaba a que Drago acabara, Holly se fijó en el empapelado de seda de las paredes y en los adornos dorados y tuvo la sensación de estar en otro mundo. ¿Qué hacía allí? ¿Cómo era que estaba cenando con un multimillonario?

Ese viaje a Nueva York estaba resultando sumamente extraño.

¿Por qué no se atrevía a decir lo que tenía que decir? Todo le resultaría más fácil si tuviera ahí las muestras de sus perfumes, pero desgraciadamente estaban en una caja y la caja dentro del coche. Lo que la había preocupado, pero Drago le había convencido de que sus pertenencias estarían a salvo.

No obstante, deseó tener la caja consigo para poder abrirla y enseñarle las muestras.

Drago cortó la comunicación y volvió a disculparse por la interrupción.

–Perdóname, *bella mia*. Como ves, la industria de la belleza no descansa nunca.

–No hay problema –respondió ella sonriendo.

El corazón volvía a latirle con fuerza, había decidido un plan de acción. Una vez que tuviera la caja con las muestras, le explicaría a ese hombre la razón de que estuviera ahí. Estaba segura de que Drago no podría decir que no una vez que oliera el perfume Colette.

Les llevaron la cena y, poco a poco, Holly fue relajándose. Drago era encantador y mostró interés por todo lo que ella le decía.

Holly le habló de Luisiana, de su abuela, sin mencionar el perfume, y de su viaje en autobús a Nueva York.

Drago parpadeó.

–¿Has venido en autobús?

Enrojeciendo, Holly bajó la cabeza.

–No tenía dinero para un billete de avión –explicó ella. Se había gastado casi todo lo que tenía en aquel viaje.

Para hablar con ese hombre.

Que era justo lo que estaba haciendo, aunque no así.

Bebió otro sorbo del exquisito vino blanco. Delicioso.

–Vaya, vienes de verdad del pueblo –dijo él, pero no a modo de insulto, sino casi con admiración.

–Sí, supongo –contestó ella.

–Soñando con nuevos horizontes, con las oportunidades que Nueva York puede ofrecer –esta vez, el tono de Drago fue más sombrío.

Pero ella no permitió que eso le molestara. Quizá se debiera al efecto del vino.

–Todo el mundo tiene sueños, ¿no?

De repente, Drago le acarició un brazo.

–Yo también tengo un sueño –dijo él con voz melodiosa, muy cerca de ella, aproximando la boca.

Drago le acarició la mejilla con las yemas de los dedos, los enterró en sus cabellos... Y a ella le pareció que iba a derretirse. Lo deseaba y no le importaba el mañana, lo único que quería era que ese hombre la besara.

Drago le cubrió los labios con los suyos y ella cerró los ojos. El corazón parecía querer salírsele del pecho. Nada le importaba. Estaba inmersa en la belleza y la perfección de aquella noche. Era como un cuento de hadas: ella era la princesa que, por fin, había encontrado a su príncipe.

La risa de Drago era suave y profunda. Reverberante. La sintió vibrando en su cuerpo y tembló de deseo.

El beso de Drago la dejó sin respiración. Fue un beso dulce, perfecto.

Pero quería más. Se inclinó hacia él y Drago volvió a reír antes de separarle los labios e introducirle la lengua en la boca.

Holly no pudo evitar un gemido de placer.

De repente, el beso se hizo más exigente, más ardoroso y posesivo. Nunca había sentido nada así. Sintió la fuerza del beso en los pezones, en la entrepierna. El sexo le latía y tenía las bragas húmedas.

Quería estar más cerca de él. Lo necesitaba. Le rodeó el cuello con los brazos y se aferró a Drago.

Por fin, Drago se apartó de ella.

–Mi sueño es que vengas conmigo a mi casa esta noche –le susurró Drago al oído.

Holly se lo quedó mirando mientras Drago se ponía en pie y le ofrecía la mano. Quería estar con él. No quería que aquella noche terminara.

Quería todo lo que Drago pudiera ofrecerle.

Holly le dio la mano y la piel le ardió.

–Sí –respondió ella tímidamente–. A mí también me gustaría.

Capítulo 2

Un año más después...

–No comprendo por qué no vas a su despacho y le exiges que te ayude.

Holly miró a su mejor amiga con la que compartía piso. Gabriella mecía en sus brazos al pequeño Nicholas. La pobre Gabi era una santa, teniendo en cuenta que Nicky no había dormido una noche de un tirón desde la vuelta a casa del hospital.

Holly agarró una cubeta y la olió. Esencia de rosas. Rememoró un ramo de rosas grandes y rojas iguales a las que su abuela había cultivado. Rosales que ahora pertenecían a otros ya que había perdido la propiedad unos meses atrás. Una profunda amargura la invadió.

Dejó la cubeta y se apartó de la mesa de trabajo en la que mezclaba las esencias.

–No puedo acudir a él, Gabi. Me dejó muy claro que no quería saber nada de mí.

A Holly todavía le dolía el rechazo de Drago di Navarra. Desgraciadamente, también recordaba, como si hubiera sido ayer, la maravilla de haber hecho el amor con él. ¿Por qué se empeñaba su cuerpo en responder físicamente al recuerdo de aquella sola noche juntos?

Por otra parte, sentía ira. Ira y desprecio por sí misma. Y, sobre todo, vergüenza.

¿Cómo había podido ser tan ingenua y tan abierta con él? ¿Por qué se había arrojado a los brazos de Drago sin más, como si fuera lo más normal del mundo, cuando era tan impropio de su carácter?

Holly apretó los dientes. Nunca volvería a cometer semejante error. Había aprendido la lección, gracias a Drago, y no la olvidaría jamás.

No quería pensar en eso y, sin embargo, no podía evitarlo. De todos modos, quizá fuera bueno, así recordaría no volver a ser tan estúpida. El mundo era un lugar frío y duro, y ella era una superviviente. Y eso gracias a Drago.

Drago le había enseñado a no fiarse de nadie y a ser cautelosa, a dudar de las intenciones de la gente; sobre todo, de las de los hombres. Drago la había convertido en una criatura cautelosa y fría, y le odiaría siempre por ello.

Pero al ver a su hijo en los brazos de su amiga, sintió un profundo amor. Nicky era perfecto. Iluminaba su mundo. Era una auténtica maravilla, al margen de que su padre fuera un odioso y arrogante sinvergüenza. Drago podía representar lo peor que le había ocurrido en la vida, pero Nicky era lo mejor.

Una ironía.

—Pero si supiera que tiene un hijo... —comenzó a decir Gabi.

—No —interrumpió Holly con voz cortante—. Traté de decírselo. Su secretaria me dijo que Drago no quería hablar conmigo. Nunca más. Le escribí una carta, pero él no respondió.

Gabi estaba en plan militante.

–Estamos en la era de la información, querida –respondió Gabi–. Cuélgalo en Facebook. Ponle a caldo en Tweeter. Ya verás como entra en contacto contigo.

Holly se estremeció. Jamás se exhibiría de esa manera.

–¿Quieres que me muera de vergüenza? –Holly sacudió la cabeza con energía–. No, de ninguna manera.

Gabi posó la mirada en el rostro angelical del hijo de Holly.

–Lo sé. Pero este pequeño se merece lo mejor de lo mejor.

A Holly le dolió la verdad de las palabras de su amiga. Miró alrededor del diminuto piso en el que vivían. Unas lágrimas asomaron a sus ojos. Desde su regreso a New Hop, había perdido la casa de su abuela, el sueño de convertirse en una creadora de perfumes se había visto truncado y había tenido que irse a vivir a cien kilómetros de Nueva Orleans para poder subsistir. Ahora trabajaba de camarera en un casino; no era el trabajo ideal, pero daban buenas propinas.

Gabi había alquilado ese piso el año anterior. Al enterarse de que ella estaba embarazada y de que había perdido a su abuela, la había animado para irse a vivir a su casa.

Holly, agradecida, así lo había hecho.

No había podido permitirse el lujo de seguir viviendo en New Hope. Su abuela había sido una persona muy respetada en la comunidad y, aunque estaba segura de que la habría apoyado en todo, ella no quería que las habladurías empañaran su memoria.

Todos se conocían en New Hope. Sin duda, la habrían criticado por haber tenido un hijo sin casarse. Además, no podía permitir que el pueblo censurara a Nicky por lo que ella había hecho. A pesar de vivir en el siglo XXI, para la gente del pueblo una madre soltera era una vergüenza.

–Hago lo que puedo –dijo Holly.

Los ojos azules de Gabi se agrandaron.

–Cariño, eso ya lo sé. Perdona lo que te he dicho –Gabi dio un beso a Nicky en la frente–. Es solo que estaba pensando en esta preciosidad y me he puesto de mal humor al pensar en lo imbécil que es su padre. Con suerte, cuando Nicky sea presidente de los Estados Unidos, no tendrá que vérselas con esa parte de su familia.

Holly se echó a reír. Gabi siempre la hacía reír. Se acercó a su amiga y le dio un cariñoso apretón en el brazo.

–Eres la mejor amiga del mundo, Gabi. Y no te preocupes, voy a crear el mejor perfume del mundo y acabarán respetándome. Drago di Navarra no es el rey de la cosmética, se crea lo que se crea. Hay otros.

–Cometió un grave error al mandarte de vuelta a casa sin oler tus perfumes.

La sangre le subió a la cabeza de nuevo. Sí, Drago la había enviado de vuelta a casa sin permitirle que le mostrara sus perfumes. Después de aquella gloriosa noche juntos, por la mañana, Drago le había hecho el desayuno y se lo había llevado a la cama. Habían charlado y habían comido, y él había pedido entonces que llevaran la caja allí, cuando ella se acordó y la pidió. Fue entonces cuando Drago olió la fragancia.

–¿Qué tienes aquí, *cara*? –había preguntado Drago

arqueando las cejas mientras examinaba la caja que tenía en las manos.

—Muestras —había respondido ella, nerviosa y excitada.

—¿Muestras?

—Sí, muestras de mis fragancias. Hago perfumes.

Con un brillo frío en los ojos, Drago había abierto la caja para luego sacar una pequeña botella a la que se quedó mirando.

—Explícate —le había dicho con voz tensa.

Algo confusa, Holly había obedecido. Lo que no había anticipado era la súbita cólera de él. Drago había dejado la botella en la caja, la había cerrado y se la había dado de malas maneras.

—Vete de aquí ahora mismo —le había dicho con voz baja y amenazadora.

—Pero Drago...

—Sal de mi casa ahora mismo y no vuelvas nunca más.

Y entonces, sin darle tiempo a abrir la boca, Drago se había marchado cerrando la habitación de un portazo. Unos minutos después, una empleada del hogar uniformada entró con el traje de ella y lo colgó de un perchero antes de decir:

—Cuando esté lista Barnes la llevará su hotel.

Holly cerró los ojos avergonzada por el recuerdo.

Por fin, abrió los ojos y, al ver a su hijo, sintió un profundo amor. Sí, debería haberle dicho a Drago desde el principio quién era y qué quería. Pero de haberlo hecho Nicky no existiría. La vida habría sido más fácil, pero no tan dulce como con él.

—Bueno, tengo que irme a trabajar —le dijo a Gabi—.

¿En serio no te importa quedarte con Nicky hasta que la señora Turner venga a recogerle?

Gabi levantó el rostro y la miró.

—No entro a trabajar hasta dentro de dos horas, así que no te preocupes.

Holly siempre estaba preocupada, pero no se lo dijo a Gabi. Le preocupaba no tener suficiente para mantener a su hijo, le preocupaba que el niño solo tuviera tres meses y ella tuviera que trabajar tanto. Le preocupaba no poder darle el pecho, algunas mujeres, como era su caso, no producían suficiente leche. Y le preocupaba que Nicky necesitara tantas cosas que ella apenas podía proporcionarle.

Holly besó la suave frente de su pequeño y fue a ponerse el uniforme: camisa blanca, corbata de lazo y falda negra ceñida. Luego metió los zapatos de tacón en el bolso y se calzó unas zapatillas deportivas. Realizó el trayecto a la parada de autobús en tiempo récord y llegó al casino con veinte minutos de adelanto. Allí, se puso los tacones y se retocó el maquillaje antes de dirigirse a su puesto de trabajo.

Jamás había imaginado que acabaría sirviendo copas en un casino. Pero ahí estaba, poniendo en la bandeja servilletas de cóctel, bolígrafo y cuaderno de notas antes de pasearse por las mesas y las máquinas tomando pedidos y aguantando alguna que otra palmada en sus nalgas.

Holly apretó los dientes. Odiaba ese aspecto de su trabajo, pero necesitaba el dinero para sobrevivir.

Se pasó la mano por el cabello y se acercó a un grupo de hombres arremolinados alrededor de una de las mesas de baccarat. Estaban enfrascados en el juego; sobre todo uno de ellos a un extremo de la mesa, a quien una belleza morena susurraba algo al oído. El hombre tenía un rostro sumamente bello, un rostro que le resultó dolorosamente reconocible.

Se quedó inmóvil unos instantes. ¿Cómo era posible que Drago di Navarra estuviera allí?

Mala suerte para ella, que volvió la cabeza para ver si Phyllis estaba por ahí con la esperanza de pedirle que sirviera ella esa mesa.

Pero no vio a Phyllis y no tuvo más remedio que acercarse. Y, mientras se dirigía a la mesa, montó en cólera.

De repente, le dieron ganas de colocarse al lado de Drago y abofetearlo. Había tenido que soportar un parto de veintitrés horas con Gabi como única compañía. Otras mujeres daban a luz acompañadas de sus maridos y con un montón de familiares en la sala de espera. Pero ella no. A ella solo le había acompañado Gabi.

Ahora, al verle en el casino, sentado con toda su arrogancia y con una mujer colgada de su brazo, la ira se apoderó de ella. Sabía que lo que tenía que hacer era darse la vuelta e ir en busca de Phyllis, pero no fue capaz de hacerlo. Por el contrario, se acercó a la mesa y se colocó al lado del hombre que estaba a la derecha de Drago.

–¿Algo de beber, caballeros? –preguntó Holly sin poder evitar un cierto tono de arrogancia en la voz cuando se acabó el juego.

La mujer que acompañaba a Drago levantó los ojos y se la quedó mirando. Y luego hizo algo que Holly había esperado y temido simultáneamente: se inclinó sobre Drago y le dijo algo al oído.

Drago alzó la voz y clavó los ojos en Holly. A ella le dio un vuelco el corazón bajo la intensidad de la mirada. Tuvo que hacer un esfuerzo ímprobo para no tirarle la bandeja a la cabeza.

–Martini seco –contestó el hombre que estaba a su lado.

–Sí, señor –dijo Holly, volviendo la atención a ese cliente.

Pero al volver el rostro de nuevo, sorprendió a Drago mirándola fijamente con el ceño fruncido, como si la buscara en su memoria.

¿No la había reconocido? ¿No se acordaba?

No era la reacción que había esperado por parte de él y se le clavó en el corazón. Ella tenía un hijo con él y Drago ni siquiera recordaba su rostro.

Aquello fue la gota que rebasó el vaso.

Holly se dio media vuelta y se alejó de la mesa con furia contenida. Al llegar a la barra, hizo el pedido y trató de calmarse.

Drago no la había reconocido. Bien, ¿y qué?

Sacudió la cabeza con enfado. Al fin y al cabo, Drago no era más que un sinvergüenza rico y arrogante que la había invitado a cenar y la había seducido. Y ella lo había consentido, así que también era responsable de lo ocurrido.

Pero Drago le había prometido usar preservativos y ella se había fiado de él. Pero algo debía haber ido mal porque la había dejado embarazada. Y no había respondido a sus llamadas telefónicas.

¡El muy sinvergüenza!

Ya con las bebidas, Holly agarró la bandeja. Iba a volver y a servirles las bebidas como si nada. No iba a echárselas a Drago por la cabeza, a pesar de ser eso lo que quería hacer.

–Gracias, Jerry –le dijo al que atendía el bar.

Holly se dio media vuelta y casi se chocó con un Drago di Navarra enfundado en un espléndido traje hecho a medida.

Drago miró furioso a la mujer que tenía delante. Y vio que ella lanzaba chispas por los ojos.

–Si me lo permite, señor, tengo que ir a servir las bebidas.

La voz sonaba más dura. Había engordado, pero estaba muy bien. Ya no era la chica inocente que había conocido, sino una mujer hermosa.

Ya no era la chica que había intentado engañarlo. Apretó los dientes al recordar su confesión. Había ido a Nueva York con muestras de un perfume y con la esperanza de vendérselo a su empresa, y a él el engaño le había costado tiempo y dinero. No era la primera mujer que había intentado utilizarle para conseguir algo, pero había sido un fallo espectacular por su parte. Había perdido los resultados de un día entero de trabajo y había tenido que buscar una nueva modelo.

Se había preguntado si no se había excedido, pero ella había tocado un punto débil suyo y estaba seguro de haber hecho lo correcto al echarla sin contemplaciones. ¿Cómo se había atrevido esa mujer a recordarle cosas que quería olvidar?

No obstante, le había llevado semanas encontrar otra modelo. Una mujer hermosa que vendía bien el producto; no obstante, no estaba del todo satisfecho. Debería estarlo, pero no era así.

Esa mujer tenía algo. Algo que no había logrado olvidar en todo un año. Incluso en ese momento, reaccionaba de una manera delante de ella muy distinta a como reaccionaba cuando Bridgett, enfadada mientras le esperaba en la mesa de baccarat, se le echaba encima.

—Por lo que veo el negocio de los perfumes no te ha ido bien —comentó él en tono de no darle importancia.

Esa mujer era hermosa, seguía siendo la mujer perfecta para su campaña publicitaria. Lo que le irritaba sobremanera.

Y también le intrigaba.

Los bonitos ojos azules de ella lo miraron con frialdad, aunque vio sorpresa en ellos.

—Todavía no —respondió ella secamente—. Me sorprende que lo recuerde.

—Nunca se me olvida un rostro —Drago clavó los ojos en los voluptuosos senos de ella bajo la camisa blanca—. Ni un cuerpo.

Ella alzó la barbilla con gesto desafiante.

—Vaya, lo felicito —respondió ella con acento sureño—. Y ahora, si me lo permite, tengo trabajo.

—¿Todavía enfadada conmigo, *cara*? Qué raro.

Ella parpadeó.

—¿Raro? Me sedujo y luego me echó a patadas de su casa —dijo ella en voz baja, pero con ira.

Drago arqueó una ceja.

—Tu engaño me costó mucho dinero, *bella mia*. Perdí un día entero de trabajo y tuve que buscar otra modelo.

–¿Se atreve a hablarme de dinero cuando me ve sirviendo mesas? ¡Por favor!

–El dinero es el dinero y no me gusta perderlo –dijo Drago.

Ella estaba temblando, pero Drago sabía que no era por miedo.

–Voy a decirle algo, señor Di Navarra. Cometí un error, pero a mí me salió mucho más caro que a usted. Cuando uno se gasta hasta el último céntimo para acudir a una entrevista con un hombre importante y luego resulta que no consigue su objetivo, pierde la casa y, además, tiene que mantener a un...

Ella se interrumpió, cerró los ojos y tragó saliva. Cuando volvió a abrirlos, estos le brillaban.

–Cuando se tiene un espantoso fracaso, se pierde todo y se acaba trabajando en un casino para poder sobrevivir, es cuando una puede sentirse indignada. Hasta que a usted no le ocurra lo mismo, cállese.

Drago, irritado, la vio alejarse con la bandeja en las manos. Era una mujer apasionada, hermosa y desafiante. Y le gustaba más de lo que quería admitir.

Tenía la intención de descubrir por qué y estaba decidido a conseguirlo.

Capítulo 3

HOLLY acabó la jornada de trabajo a la una de la madrugada. Se cambió de calzado, agarró el bolso y se dispuso a salir para ir a la parada del tranvía. Al final de la línea, tomaba el autobús nocturno que la llevaba a su casa. Era un trayecto largo y cansado, pero no tenía alternativa. No tenía para comprarse un coche.

Salió del casino y comenzó a recorrer la calle. Pasó un coche y después otro, que paró a su lado. El corazón comenzó a latirle con fuerza, pero se negó a volver la cabeza. No era la primera vez que un tipo se parara para hacerle proposiciones y, probablemente, no sería la última.

–¿Quieres que te lleve?

Holly se detuvo y se quedó mirando al ocupante de la limusina. Estaba sentado en el asiento trasero, había bajado el cristal y tenía el brazo apoyado en la ventanilla.

–No –respondió ella y volvió a echar a andar.

La sangre le hervía. Le habría gustado decirle muchas cosas a ese sinvergüenza, pero se mordió la lengua.

Mejor así. No serviría de nada pelearse con Drago di Navarra. Había empezado a temer que, de alguna manera, él se enterara de la existencia de Nicky. Sin duda, pensaría que ella se había quedado embarazada a propósito.

Lo que era ridículo, teniendo en cuenta que Drago le había asegurado que él se encargaría del anticonceptivo.

–Es tarde y debes estar cansada.

–Estoy cansada –respondió ella sin mirarlo, con la limusina acompañándole el paso–. Pero acabo cansada todas las noches y me las arreglo sola. Así que gracias, pero no.

Drago lanzó una queda carcajada.

–Tienes mucho genio, Holly. No te pareces en nada a la chica que se presentó en Nueva York soñando con alcanzar el éxito.

La cólera se apoderó de ella. Se detuvo, se dio media vuelta y se acercó al coche. No pudo evitarlo. Las ganas de enfrentarse a él eran insoportables. La limusina se detuvo.

–Entonces era muy ingenua, pero ya no lo soy. He comprendido que el mundo es cruel y que la gente que tiene todo lo que pueda desear en la vida es aún más cruel. Así que si tengo genio es porque no me queda más remedio que tenerlo. O muerdes o te muerden, y no quiero que me muerdan.

¿Genio? No lo creía. Solo el necesario para sobrevivir porque tenía que sobrevivir, porque una diminuta persona dependía de ella. Una persona muy vulnerable.

Drago abrió la portezuela del coche y salió. Holly dio un paso atrás. Era muy alto, de espaldas muy anchas, un hombre perfecto.

¡No, no era perfecto, era un desgraciado!

–Entra en el coche, Holly –le ordenó él con voz grave y autoritaria–. No seas tan cabezota.

Holly se cruzó de brazos y se apoyó en una pierna.

–No me gusta que me den órdenes, Drago –le tuteó intencionadamente para recordarle que, tiempo atrás, habían tenido una relación íntima y que ella no era una de sus empleadas... ni tampoco su amante. Era una actitud descarada y valiente, y así tenía que ser con él–. Además, ¿no crees que tu amiga se va a enfadar conmigo también en el coche?

Drago pareció irritarse. Una de las cosas que recordaba de él era que Drago di Navarra estaba acostumbrado a que le obedecieran ciegamente. Le produjo una gran satisfacción llevarle la contraria.

–Bridgett ya no es un problema –respondió él con altanería.

Holly lanzó una carcajada. Drago pareció sorprendido.

–Pobre Bridgett, le has dado un puntapié en su bonito trasero y seguro que todavía no sabe por qué.

Drago había dejado la puerta abierta y se acercó a ella. Era tan alto que tuvo que echar la cabeza hacia atrás para poder mirarlo a la cara. Le entraron ganas de salir corriendo, pero se negó a hacerlo. Se dijo a sí misma que era mucho más fuerte de lo que había sido un año atrás. Tenía que serlo.

Lo era.

–Holly, si no entras en el coche voy a agarrarte y a meterte a la fuerza –dijo él.

Con sorpresa, Holly se dio cuenta de que casi podía oler el enfado de Drago.

–Inténtalo si quieres –le espetó ella, ignorando la

furiosa mirada de Drago–. Amigo, estamos en América, aquí no se puede raptar a la gente en plena calle.

Holly no supo cómo, pero se encontró suspendida en el aire de repente a hombros de él.

–¡Bájame! –gritó Holly golpeándole la espalda con los puños mientras él la llevaba al coche.

Al cabo de un instante estaba dentro. Al segundo siguiente, Drago estaba sentado al lado de ella y cerró de un portazo.

–¡Cómo te atreves! –exclamó ella furiosa–. Como te haya visto alguien vas a ver en qué lío te has metido.

–Lo dudo –respondió Drago. Entonces se inclinó hacia ella, sus ojos grises brillaban en la oscuridad–. Y ahora, dame tu dirección, Holly Craig, para que mi chófer te lleve a casa. Mucho más fácil, ¿no?

Holly se limitó a mirarlo con odio.

–Vamos, Holly. Es tarde y se te ve cansada.

No quería darle su dirección, pero lo hizo. ¿Qué otra alternativa le quedaba? Era tarde, estaba cansada y necesitaba hacerse cargo de Nicky. Si no le quedaba más remedio que dejar que ese hombre la llevara a casa, qué se le iba a hacer. Al menos llegaría antes que en el autobús. Cosa que, sin duda, alegraría a la señora Turner.

–¿Acaso tienes sentimiento de culpa? –preguntó ella después de que Drago le dijera la dirección al chófer.

Drago se echó a reír.

–No.

Eso le dolió, pero sabía que no debía sorprenderlo. Drago la había echado de su casa sin que le pesara la conciencia y luego se había negado a responder a sus llamadas. Era un hombre sin corazón.

–En ese caso, ¿por qué te tomas la molestia de llevarme a mi casa?

Drago le pasó la mirada por el cuerpo y a ella se le erizó la piel. Apretó los dientes, decidida a negar la atracción por ese hombre. Antes de conocer a Drago di Navarra siempre se había considerado una mujer sensata que podía controlar sus sentimientos. Él le había demostrado lo contrario.

Y así seguía siendo. Su cuerpo reaccionaba sin tener en cuenta lo que opinaba de él. Sin tener en cuenta lo poco que le gustaba como persona.

Pero eso a su cuerpo no le importaba nada.

–Porque te necesito, *cara mia*.

A Holly se le hizo un nudo en la garganta. Drago le había dicho algo parecido un año atrás. Y ella, como una idiota, le había creído. Peor aún, había deseado que fuera cierto. Pero ahora había perdido la inocencia. Los multimillonarios italianos no se enamoraban de las vírgenes sencillas y nada sofisticadas en cuestión de un día.

No se enamoraban.

–Lo siento, pero la respuesta es no.

Los largos y elegantes dedos de Drago reposaban en sus muslos.

–Todavía no has oído lo que voy a proponerte.

–La respuesta sigue siendo no –contestó ella–. Hace un año me hiciste una proposición y mira adónde me ha llevado.

Drago sacudió la cabeza como si ella le hubiera desilusionado.

–Me gustabas más en Nueva York.

–No me extraña. Hice lo que quisiste, te obedecí en todo. Pero he aprendido la lección.

Y estaba decidida a demostrárselo.

–¿Te gusta trabajar de camarera, *bella*?

El enojo la hizo enrojecer.

–No, no me gusta, pero no me queda otro remedio.

–¿Y si yo te ofreciera algo distinto? ¿Una forma mejor de ganarte la vida?

A ella le dio un vuelco el corazón.

–No voy a ser tu amante.

Drago parpadeó. Luego volvió a reír. Ella sintió calor y vergüenza. ¡Por el amor de Dios! Después de ver a la mujer que había acompañado a Drago aquella noche, ¿cómo se le podía haber ocurrido que pudiera estar interesado en ella?

Pero lo había estado en una ocasión. No era un producto de su imaginación. Nicky era la prueba de ello.

–Eres encantadora, Holly. Pero no necesito pagar a una mujer para que sea mi amante. Pero si te eligiera a ti para ese papel... estoy seguro de que no lo rechazarías.

A Holly le indignó la confianza en sí mismo de Drago.

–No comprendo por qué vas a los casinos teniendo tan poco instinto. Me sorprende que no hayas perdido hasta la camisa.

–*Dio*, qué cabezota eres.

–Es evidente que te gustan las mujeres que te dicen que sí a todo.

–Algo que pareces incapaz de hacer tú –protestó él.

–De acuerdo. Y ahora, dime lo que quieras decirme para que yo pueda contestarte con un no.

La forma como la miraba la puso nerviosa. Pero no

porque le molestara sino porque quería perderse en esa mirada.

–Quiero que modeles para la campaña publicitaria Sky.

A Holly se le secó la garganta. Sky era la fragancia estrella de NC, la fragancia para la que había modelado en Nueva York.

–Si es una broma no tiene gracia –dijo ella con voz tensa.

La expresión de Drago era seria.

–No es ninguna broma, Holly. Quiero que seas la modelo para Sky.

–Ya modelé para Sky –observó Holly–. Si no recuerdo mal, fue todo un fracaso.

Drago se encogió de hombros.

–Fue una equivocación que podemos rectificar ahora.

Holly tenía el estómago hecho un nudo. Los dientes le castañeteaban. Tensó la mandíbula para que no se le notara. Por suerte, el interior del coche estaba a oscuras y las luces de la ciudad no penetraban mucho por los cristales oscuros.

–No creo que sea posible –respondió ella.

No lo era. ¿Cómo iba a ir a Nueva York con un niño de tres meses?

–Claro que lo es. Te pagaré mucho más de lo que ganas en el casino. No tienes nada que perder y sí mucho que ganar, Holly.

Ella pensó en el bebé y en la cuna de segunda mano, y en el pequeño y destartalado piso que compartía con Gabi. Pensó en la desgastada y rasgada alfombra, y en los electrodomésticos que se estropeaban cada dos por tes.

No era un piso, era un vertedero y estaba dispuesta a hacer cualquier cosa por salir de allí y procurarle a su hijo una vida mejor.

¿Pero y si Drago le fallaba? ¿Y si solo quería jugar con ella? ¿Y si aquella oferta no era sino una forma más de vengarse por no haberle dicho la verdad en Nueva York?

No le extrañaría que fuera eso. Podía esperar cualquier cosa de un hombre que la había echado sin contemplaciones y se había negado a responder a sus llamadas. Un hombre que no sabía que tenía un hijo porque era tan arrogante como para pensar que ella había querido entrar en contacto con él sin nada importante que decirle.

Sí, Drago era capaz de eso y de mucho más.

–Quiero un contrato –dijo Holly–. Lo quiero todo en papel y firmado. Si está todo en regla, aceptaré.

¿Qué otra alternativa tenía? No era estúpida y no iba a dejar pasar semejante oportunidad siendo tan ventajosa para la vida de su hijo. Con un contrato firmado tendría más control de la situación.

–De acuerdo.

Holly pestañeó. No había esperado que él accediera.

–Espero que hables en serio –dijo ella, incapaz de evitar el castañeteo de sus dientes y el temblor de su cuerpo.

¿Y si estaba cometiendo un error? ¿Y si estaba abriendo la caja de Pandora? ¿Cómo no iba a estar abriendo la caja de Pandora con un niño de tres meses y ese hombre sin saber que era el padre?

–Sabes que no soy modelo –añadió ella–. No sé modelar.

–Por eso precisamente eres perfecta para la campaña publicitaria. Sky es para las mujeres normales que quieren recuperar algo en sus vidas: juventud, inocencia y atractivo.

–He olido Sky –comentó ella irritada–. No está mal, pero no es lo que dices que es.

A Drago no le gustó el comentario, lo vio en su rostro. ¿Por qué se empeñaba ella en llevarle la contraria? «Acepta el dinero y cállate», se ordenó a sí misma. El silencio se hizo casi tangible.

–A sí, perdona, se me había olvidado que eres una experta en perfumes –observó él con ironía.

El sarcasmo la encendió.

–Eso tú no lo sabes. Si no recuerdo mal, me echaste antes de oler mi perfume.

Drago se recostó en el asiento del coche.

–Lleva años aprender a mezclar esencias para crear perfumes. También conlleva años de aprendizaje y un agudo sentido del olfato. Aunque hayas mezclado esencias compradas por Internet para regalárselas o vendérselas a tus amigas y estas te hayan dicho que se te da muy bien, que eres genial, eso no significa que estés preparada para crear un perfume para vendérselo a una multinacional, ¿no te parece?

La cólera se apoderó de ella, pero también surgieron las dudas. No tenía preparación académica ni experiencia profesional.

Holly miró por la ventanilla, pero aún no habían llegado a su barrio. Se volvió hacia él e hizo un esfuerzo para no mandarle al infierno. Ese hombre era demasiado arrogante y estaba demasiado seguro de sí mismo.

–Me alegra que sepas tanto sobre mí –dijo ella con voz cortante–. Pero no creo que sepas que mi abuela nació en Grasse y que pasó años estudiando allí antes de conocer a mi abuelo y venirse a vivir a Luisiana. Renunció al sueño de trabajar para una gran empresa del perfume, pero no renunció a su arte. Fue ella quien me lo enseñó.

No había tenido un aprendizaje académico, pero su abuela había sido muy buena en lo que hacía y ella también lo era.

Le oyó respirar hondo.

–Eso no te hace una profesional, *bella mia*.

–Lo repito, hasta que no hayas olido mis perfumes, no lo sabrás –Holly se cruzó de brazos y alzó la barbilla. ¿Por qué no lanzarse? ¿Qué tenía que perder?–. Es más, quiero que conste en el contrato. Si modelo para tu campaña publicitaria me permitirás que te presente mi trabajo.

Drago lanzó una suave carcajada.

–Sabes que voy a decir que sí, ¿verdad? ¿Por qué no? A mí eso no me va a costar ningún esfuerzo. Aunque acceda a examinar tus perfumes siempre podré rechazarlos.

–Eso ya lo sé.

Holly le consideraba un buen hombre de negocios, nunca rechazaría sus perfumes por despecho. No había construido un imperio de la cosmética sin saber lo que se hacía. Contaba con ello.

Sin embargo, había otros riesgos. Se estaban acercando a su casa y ella tenía un bebé con el ADN de Drago.

Pero... ¿qué más daba eso?

Drago no había hecho nada por el niño. Era ella quien lo había sacrificado todo por su hijo. Era ella quien había pasado por nueve meses de embarazo sola con el apoyo de una amiga únicamente. Era ella quien había traído al mundo al pequeño, la que pasaba con él las noches, la que se preocupaba por él y la que lo quería sin reservas.

Por otra parte, no creía que a Drago le gustara saber que tenía un hijo. Y ella no iba a decírselo. Drago no había hecho nada para merecerse saberlo.

Nada... excepto concebir a Nicky.

Holly decidió no pensar en eso. En el fondo, creía que todo hombre tenía derecho a saber que tenía un hijo, pero no estaba segura de querer decírselo a Drago di Navarra. Él no era un hombre cualquiera.

Además, si se enteraba, Drago podía pensar que ella intentaba engañarle otra vez, truncando la posibilidad que se le presentaba de ganar más dinero para poder cuidar mejor de su hijo. La repudiaría otra vez sin pensárselo dos veces y la dejaría plantada sin más.

No, no podía decírselo.

El coche se detuvo delante de su casa. Drago miró por la ventanilla las farolas amarillentas, el graffiti en la fachada del edificio de la acera de enfrente, los cubos a rebosar de basura, el esquelético perro que sacaba la basura de uno de los cubos...

–No puedes vivir aquí –dijo él con el cuerpo rígido, su tono de voz horrorizado.

Holly respiró hondo. Sí, era un barrio pobre, pero

de gente buena y honesta. Se vendían drogas, pero no en el edificio donde vivía ella. El señor Bourdreaux lo vigilaba con puño de hierro. Era lo más que ella podía permitirse.

–Pues aquí vivo y aquí me quedo –respondió ella con voz queda–. Gracias por traerme a casa.

Drago la miró.

–Eso no es seguro, *bella mia*.

Holly apretó los dientes.

–Llevo viviendo aquí siete meses. Es mi casa. Es lo único que puedo permitirme. Y tú no sabes que no sea un sitio seguro. Imaginas que no lo es porque vives en un barrio elegante de Nueva York, nada más que por eso.

Drago se la quedó mirando durante unos segundos. Después, le dijo algo al chófer en italiano. A continuación, abrió la portezuela del coche y salió.

–Vamos, te acompañaré a tu casa.

–No es necesario –protestó ella al tiempo que se reunía con él en la acera.

El edificio tenía dos pisos y tres entradas en la fachada delantera. Cada escalera tenía dos apartamentos en cada piso. El suyo estaba en el segundo, en la escalera central.

Holly vio a la señora Landry asomándose a la ventana. Era una mujer bastante curiosa, pero buena persona.

–Insisto –dijo Drago.

A ella le dio un vuelco el corazón. Tenía que llevar sus cosas a su apartamento y después ir al de enfrente, a la casa de la señora Turner, para recoger a Nicky.

–Está bien –respondió Holly, consciente de que Drago no se iba a marchar sin más.

Si le dejaba acompañarla a la puerta del piso, él se daría por satisfecho y se marcharía. Además, Nicky estaba en casa de la vecina.

Por fin, delante de la puerta de su piso, Holly se volvió y dijo en un susurro:

—Bueno, esta es mi casa. Ya te puedes ir.

Pero Drago no se movió.

—Abre la puerta, Holly. Quiero asegurarme de que entras sana y salva.

Drago había hablado en voz alta y a ella, preocupada, lanzó una mirada a la puerta de la casa de la señora Turner. Se podía oír su televisor, así que su vecina no estaba dormida.

—Sssss. La gente esta durmiendo. Estas paredes son muy finas, algo a lo que tú no estás acostumbrado, pero...

Drago, sorprendiéndola, le quitó la llave de la mano.

—Te sorprendería saber las cosas a las que estoy acostumbrado, *cara* —la interrumpió Drago.

Drago abrió la puerta y entró en el piso. Y ella sintió una gran humillación.

Drago se volvió y la miró con una expresión ilegible.

—Bueno, no parece que haya problemas —le informó Drago haciéndose a un lado para dejarla entrar a su propia casa. Una casa del tamaño del vestíbulo del piso de él en Nueva York.

Holly entró y cerró la puerta tras de sí sigilosamente. Aunque no quería que Drago estuviera allí, quería menos aún que la señora Turner lo viera.

Pero, de repente, la cólera se apoderó de ella. Lo agarró de un brazo y le arrebató las llaves.

—¿Cómo te crees con derecho de decidir si puedo entrar en mi propia casa o no?

–Es posible que no te haya pasado nada hasta ahora, pero eso no significa que alguna noche a alguien se le ocurra entrar en tu casa y esperar a que vuelvas –respondió él enojado–. Vives en un segundo piso, *cara*. Eres una mujer hermosa que vive sola y cualquiera podría forzar esas ventanas –añadió Drago señalando las ventanas–. Así que te ruego que me perdones por preocuparme por tu seguridad.

–En primer lugar, no veo por qué eso tiene que preocuparte. En segundo lugar, no vivo sola.

Drago parpadeó.

–¿Tienes novio?

–Comparto piso con mi mejor amiga. Ella está trabajando ahora.

Drago miró a su alrededor. Gabi había dejado encendida una lámpara de mesa, pero daba poca luz. Drago encendió la lámpara del techo y la estancia se manifestó en plena y destartalada gloria.

Todo estaba limpio, pero viejo y gastado. Le vio clavar los ojos en un paquete de pañales y en unos tarros de comida para bebé que había en el mostrador de la cocina.

Holly cerró los ojos y se maldijo a sí misma por no haber guardado esos artículos.

Drago arqueó las cejas y la miró.

–Hay un bebé en esta casa.

Antes de que Holly pudiera contestar se oyeron unos golpes en la puerta.

–Holly... –dijo la señora Turner desde el descansillo–. ¿Estás en casa, cariño?

Capítulo 4

DRAGO vio palidecer el rostro de Holly Craig antes de que ella se diera la vuelta en dirección a la puerta.

—Ya voy, señora Turner —dijo Holly con voz dulce, cosa que le irritó.

Holly se había mostrado muy ácida con él desde el momento en que le vio en el casino. Comprendía que estuviera enfadada por lo ocurrido un año atrás en Nueva York, pero ahora, después de haberle ofrecido trabajo como modelo, debería ser más amable con él. Si era una mujer ambiciosa, y debía serlo para haber intentado engañarle como había hecho, ¿por qué no era un poco más simpática con él?

Posó la mirada en la mesa que había en un rincón de la estancia. Estaba llena de cubetas y otros objetos que Holly debía utilizar para sus perfumes. Al parecer, se lo tomaba en serio. Y su abuela era de Grasse, la capital del perfume del mundo. Aunque eso no implicaba un talento innato ni que hubiera tenido una *nez*. De haber tenido olfato habría trabajado en la industria del perfume, casada o no.

Pero Holly estaba convencida de tener lo que se necesitaba para triunfar en ese negocio. Sin embargo, al mirar a su alrededor, no quedó del todo convencido.

De tener talento, ¿por qué vivía ahí? ¿Por qué no había intentado vender su perfume a otra empresa?

Se negó a sentirse responsable por la forma como vivía ella. Aunque Holly se hubiera gastado todo lo que tenía en ir a Nueva York, él no tenía la culpa.

Sin embargo, ese lugar le deprimía. Le ponía nervioso, le disgustaba y le hacía sentirse insignificante, como se había sentido mucho tiempo atrás. No siempre había vivido como vivía ahora y aquel horrible piso le resultaba penosamente familiar. Pensó en su madre y en la loca búsqueda de ella de algo que él jamás había comprendido, algo que ni siquiera ella sabía, como bien pudo comprobar él con los años.

Donatella Benedettim, a su juicio, había buscado la luz. Y no le había importado arrastrar a su hijo de país en país y de casa en casa, algunas sin electricidad ni agua caliente. Él había pasado la gorra mientras su madre tocaba el violín en la calle con el fin de conseguir suficientes monedas para comprar comida. Había dormido en una canoa mientras flotaban río abajo en Asia camino a un pueblo de cabañas de barro. Con aspecto plañidero y escuálido, había aprendido a pedir limosna. Y había aprendido a contar monedas antes que a leer.

Holly respiró hondo, abrió la puerta y saludó a su vecina. La mujer sostenía una sillita de bebé en la que, supuestamente, había un niño, a juzgar por la forma como Holly se inclinó sobre él.

A Drago comenzó a dolerle la cabeza. No le gustaban los niños. Eran pequeños y exigentes, y él no tenía idea de cómo tratarlos.

–Te he oído llegar a casa –dijo la mujer–. El niño se ha portado muy bien hoy. Es un encanto.

–Gracias, señora Turner. No sabe cuánto le agradezco la ayuda.

La otra mujer hizo gesto de no darle importancia con la mano.

–Vamos, no es nada. Ya sabes que me acuesto tarde. No me resulta ningún problema cuidar de él mientras tú trabajas.

La mujer, de repente, se dio cuenta de la presencia de él y este inclinó la cabeza a modo de saludo.

–Vaya, lo siento, no sabía que tenías compañía, Holly –dijo la señora Turner.

Holly se volvió brevemente.

–Es solo un antiguo conocido con quien me he tropezado hoy por casualidad. Pero ya se va.

Drago no se iba a marchar todavía, pero no se molestó en decírselo. Sí, iba a irse, pero aún no. No lo haría hasta no averiguar qué pasaba ahí.

Había un niño en una sillita de bebés y Holly la estaba agarrando. ¿Era el niño suyo o de su compañera de piso? En fin, ¿qué podía importarle a él? Siempre y cuando Holly modelara para Sky...

La señora Turner, después de darle a Holly al niño, fue a darle una bolsa con pañales, pero Drago se adelantó y la agarró. Holly no protestó, pero tampoco lo miró. Transcurrieron unos segundos más mientras Holly y la señora Turner se daban las buenas noches. Por fin, Holly cerró la puerta y se quedaron a solas.

Drago miró al niño, que emitió unos sonidos guturales y se estiró.

–Tiene hambre –dijo Holly–. Tengo que darle de comer.

–Adelante.

Holly lo miró con un odio que no pudo disimular.

–Preferiría que te marcharas antes –comentó ella con voz tensa–. Es tarde y tenemos que acostarnos.

–¿De quién es el niño? –preguntó Drago con curiosidad.

Pensó en Holly en Nueva York; en lo dulce, inocente y sensible a sus caricias. De repente, le repugnó la idea de que ella hubiera estado con otro hombre. Él había sido el primero.

Drago intentó no pensar en la expresión maravillada de ella cuando la penetró por primera vez. Se había aferrado a él, abriéndole el cuerpo como una flor. Y a él le había invadido un extraordinario deseo de protegerla. Algo con lo que, sin duda, Holly había contado.

Sí, le había engañado de mala manera. Le había hecho casi quererla, aunque brevemente.

Holly lo miró con dureza y él se preguntó si se había dado cuenta de lo que había estado pensando. Después, la vio acercarse al sofá, a unos pasos de distancia, y dejar la sillita de bebé en el suelo. Después, Holly le arrebató la bolsa con los pañales y comenzó a hurgar en ella. Al cabo de un momento tenía un biberón en la mano, sacó al bebé de la sillita y comenzó a darle de comer.

Drago se la quedó observando, cada vez más incómodo al darse cuenta de que ella no había contestado a su pregunta.

–Holly, ¿de quién es el niño? –repitió Drago.

Aunque había hecho la pregunta, estaba casi seguro de saber la respuesta.

–Aunque no es asunto tuyo, te lo diré –contestó Holly en tono altanero–. Nicky es mío. Y si eso es un obstáculo para que yo modele para Skype, te agradecería que me lo dijeras, te marcharas y nos dejaras en paz.

A Holly le dio un vuelco el corazón. No había querido que Drago se enterase de la existencia de Nicky, al menos hasta firmar el contrato y asegurarse el dinero que le iba a proporcionar modelar para Sky.

Pero no debía extrañarle, hacía tiempo que la mala suerte la acompañaba. Primero, el rotundo fracaso en Nueva York, viaje en el que se había gastado todo el dinero que tenía para volver a casa con las manos vacías. Después, había perdido la casa de su abuela y se había enterado de que estaba embarazada.

Miró al dulce y suave bebé que tenía en los brazos, consciente de que no había sido un error. Pero sí había sido algo inesperado en un momento de su vida en el que había tenido que enfrentarse a muchas otras cosas.

Y ahora, cuando lo único que quería era lo mejor para él, cuando necesitaba protegerle, cuidarlo y evitar que se supiera de su existencia hasta no tener el contrato firmado, la señora Turner la había oído volver a casa y le había llevado a su hijo. ¿Y si Drago descubría que él era el padre? ¿Qué pasaría? Que ella perdería la oportunidad que se le presentaba de poder ofrecerle una vida mejor a su hijo.

Drago la estaba mirando con una mezcla de desdén y, según lo interpretó ella, horror. ¡Qué se le iba a hacer!, pensó con resignación. Ya había perdido una oportunidad un año atrás.

«Pero podrías decirle la verdad», se dijo a sí misma.

¿Ignoraría Drago a su hijo de saber que el niño era suyo? ¿Podía ella arriesgarse a decírselo?

–¿Qué tiempo tiene ese bebé? –preguntó Drago arrugando el ceño.

A Holly le dio un vuelco el corazón.

–Un par de meses –respondió Holly.

No, no podía decírselo. No podía correr ese riesgo después de todo lo que había pasado. Además, Drago no se merecía saber que tenía un hijo después de haberla echado de su casa y de haberse negado a responder a sus llamadas.

Holly sintió una mezcla de miedo y de culpa. No sabía qué era lo que tenía que hacer.

–Ya veo que no has perdido el tiempo –comentó él fríamente.

–¿Qué?

Drago la miró con ojos duros y gélidos.

–Encontraste otro amante rápidamente –le espetó él.

A Holly se le hizo un nudo en el estómago. No debía extrañarle que Drago pensara que nada más volver a su casa hubiera permitido que otro hombre la dejara embarazada. Sí, lógico.

Holly cerró los ojos y trató de calmarse. No lo consiguió.

No había visto un hombre tan arrogante en su vida. Presa de resentimiento, tuvo que dar salida a la cólera que sentía.

–¿Por qué iba a esperar? A propósito, gracias por hacer que me diera cuenta de lo que me estaba perdiendo. Me resultó muy fácil volver a casa y encontrar a otro.

Holly miró a Nicky, que chupaba el biberón con ganas, y deseó que desaparecieran las lágrimas que amenazaban con desbordarse de sus ojos. Drago di Navarra no solo pensaba que ella había utilizado su cuerpo para conseguir lo que quería sino que también se había hecho una mujer promiscua. Lo que no era posible, ya que no habría soportado que otro hombre la tocara después de haber estado con Drago.

–A lo mejor deberías haber tenido más cuidado –dijo él.

Una nueva oleada de odio se apoderó de ella. Alzó el rostro. No le importó lo que él pudiera ver en su mirada.

–¡Cómo te atreves! –exclamó ella con voz tensa–. Tú no sabes nada de mí. ¡Nada! Nicky es un regalo, al margen de cómo ha venido al mundo. No lo cambiaría ni por un millón de contratos con Sky. Así que ahórrame tu desdén y tu desprecio y sal de mi casa.

Holly estaba temblando y se dio cuenta de que Nicky lo notó. El niño comenzó a patalear, a agitar los brazos y a arrugar el rostro. El biberón se le cayó de la boca y comenzó a llorar.

–Sssss. Calla, cielo mío, mamá está aquí –dijo ella con los ojos llenos de lágrimas.

–Perdóname. No debería haber dicho eso.

Holly acunó a Nicky y miró a Drago. Le habían sorprendido las palabras de él, pronunciadas en voz baja y con sinceridad. Un atisbo del hombre que tanto le había gustado un año atrás, el hombre que la había hecho sentirse segura, que la había hecho reír y suspirar en sus brazos.

Sí, ese hombre le había gustado... hasta el momento en que le demostró que no tenía corazón. Y aunque sabía que no debía dejarse engañar por él, le conmovió su disculpa. O quizá estuviera cansada de estar enfadada.

Nicky continuaba llorando por lo que Holly se levantó y le acunó con más vigor.

–Cálmate, cielo. Cálmate.

–Necesitas que alguien te ayude con el niño –declaró Drago.

Holly no lo miró.

–Me ayudan la señora Turner y Gabi. Ahora me toca a mí cuidarlo.

–Estás cansada, Holly. Deberías dormir.

–Tengo que esperar a que Nicky se duerma –respondió ella paseándose por la estancia–. Será mejor que te vayas. A lo mejor tu chófer piensa que te he dado un mazazo en la cabeza para quitarte la cartera.

–Lo dudo.

Drago paseó la mirada por la habitación una vez más y ella notó el desagrado que su vivienda le producía.

–Drago, márchate. Mi hijo y yo estamos bien, llevamos meses arreglándonoslas solos. Nicky se va a dormir pronto y yo también. Mañana entro a trabajar a las doce del mediodía.

–Me temo que no –declaró él.

A Holly le dio un vuelco el corazón. Drago se le acercó y ella acunó a Nicky con más vigor. El niño había empezado a cerrar los ojos.

–No sé de qué hablas –dijo Holly–. Aquí no puedes quedarte. Además, no creo que te gustara dormir aquí. No tenemos sábanas de seda ni servicio de habitación...

–Cállate y escucha, Holly –le ordenó Drago.

Aunque quería mandarle al infierno, obedeció. Porque estaba cansada y tenía miedo de que Drago se fuera y le negara la oportunidad que le había ofrecido.

–Te escucho.

–Mañana por la mañana vuelvo a Nueva York. Tú te vienes conmigo.

Instintivamente, Holly sujetó a su hijo con más fuerza.

–No voy a dejar a mi hijo. No voy a ir a ninguna parte sin un contrato.

No se fiaba de él. Drago di Navarra no era un hombre de fiar. ¿Acaso sospechaba que Nicky era suyo?

–No, no lo vas a dejar –dijo Drago–. Pero tampoco vas a volver al casino. Agarra lo que necesites para pasar esta noche fuera y enviaré a alguien para que recoja el resto de tus pertenencias mañana.

Holly se lo quedó mirando, enrojecida, esperanzada y temerosa simultáneamente.

«No te fíes de él. No te fíes de él».

Sin embargo, quería hacerlo. Lo necesitaba. Drago era su única oportunidad de salir de aquel agujero.

Pero... tenía obligaciones.

–No puedo marcharme sin más –respondió ella–. Esta es mi casa. Gabi no está aquí en estos momentos. No puedo dejar el trabajo en el casino sin avisarles con antelación...

–Sí que puedes –declaró él con firmeza–. Y lo harás.

Se sintió presionada. ¿Qué podía hacer? ¿Qué le habría aconsejado su abuela? Pensar en su abuela hizo que las lágrimas volvieran a aflorar a sus ojos, se mordió los labios para contenerlas.

«Piensa, Holly, piensa».

–Estás pidiéndome que renuncie a mi vida por una promesa –dijo ella–. ¿Cómo puedo saber que no estás pensando en engañarme y dejarme en la cuneta otra vez?

Drago parpadeó. Después, se echó a reír.

–Por favor, *cara*. ¿En serio piensas que llevo un año pensando en cómo vengarme de ti por el engaño de hace un año en Nueva York? Hasta esta noche no había pensado en ti.

Bien.

Las palabras de Drago le dolieron como no había imaginado posible. Desde que él la echara, no había pasado un solo día en el que no había pensado en Drago por una razón u otra. Sin embargo, él no había pensado en ella en absoluto.

–Qué halagador –murmuró Holly con los ojos fijos en su hijo para evitar que se le notara lo que el comentario le había dolido.

–No te lo tomes a mal. Es solo que soy un hombre muy ocupado. Pero al volver a verte he recordado las fotos de la sesión en Nueva York y que eras perfecta para la campaña publicitaria. Lo único que me interesa es tu rostro en la campaña, nada más.

Por fin, Nicky se había quedado dormido. Holly se dio media vuelta, lo llevó a su habitación y lo acostó en la cuna, al lado de la cama. Cuando se enderezó, vio a Drago en el umbral de la puerta.

–Está bien, iré –declaró ella con decisión–. Pero no esta noche. No puedo llevarme al niño a ningún sitio ahora de noche, lo despertaría. Y estoy demasiado cansada para salir.

Se acercó a la puerta, a Drago. Él la miraba con expresión de frustración.

–Eres una mujer muy obstinada, Holly Craig –dijo Drago con voz queda, mirándole los labios.

A Holly le picaron los labios. Se dijo a sí misma que era porque se los había mordido.

–Siempre haré lo que sea mejor para mi hijo –dijo ella–. Nicky es lo primero. Lo siento si para ti es una inconveniencia.

Sintió el calor que despedía el cuerpo de Drago, olió su colonia. Una colonia de Navarra Cosmetics, un aroma perfecto para él: ligero, tan ligero que apenas se notaba, pero intoxicante.

La colonia tenía esencia de sándalo, lo que era de esperar en una colonia de hombre. Pero también tenía pera, lo que la sorprendió, y también musgo. Era un aroma fresco y limpio, le gustó.

Drago sacudió la cabeza ligeramente.

–Algo admirable en una madre, supongo. En fin, enviaré un coche para que te recoja mañana por la mañana, *cara*. Despídete de quienes tengas que despedirte y ten hecho el equipaje. No necesitarás volver a este lugar nunca más.

A Holly le latió el corazón con fuerza.

–No puedo dejar a Gabi sin más. Tendré que darle dinero para el alquiler de un par de meses por lo menos.

Drago no pestañeó.

–Me encargaré de eso.

Entonces se marchó. Sus pisadas resonaron en los peldaños de la escalera.

Capítulo 5

EL PISO de Drago en Nueva York le resultó más impresionante aún que un año atrás. Holly estaba tumbada en una cama casi tan grande como su habitación en Nueva Orleans contemplando los frescos del techo. Frescos como en una iglesia pero en una casa.

Increíble. Y totalmente surrealista.

Eran ya las primeras horas de la tarde y tenía que levantarse, pero no tenía ganas. Por la mañana temprano Nicky se había despertado y con hambre. Mientras daba el biberón a su hijo, había tratado de convencerse a sí misma de que Drago no iba a volver, que todo había sido un sueño.

Gabi había regresado a casa a las seis de la mañana y le había explicado la situación.

A Gabi se le había iluminado el rostro.

–¡Dios mío, Holly, es estupendo! ¡Tienes que ir! Vas a ir, ¿verdad?

Holly había fruncido el ceño.

–No estoy segura –había respondido pasándose una mano por el cabello revuelto–. Anoche estaba segura, pero ahora... ¿Cómo voy a dejarte? ¿Y cómo voy a irme con ese hombre? No es persona de fiar, Gabi. Es egoísta, arrogante y a él solo le importa su negocio y...

–E increíblemente guapo –la interrumpió Gabi–. Y rico. Además, es el padre de tu hijo.

–Eso es lo que más me preocupa.

Gabi se había sentado, le había tomado la mano y se la había apretado clavándole sus ojos azules con expresión seria.

–Este tipo de oportunidades solo se presentan una vez en la vida, Holly. Tienes que ir.

Al final, se había ido. Drago se había presentado en su casa a las ocho y ella ya lo tenía todo preparado. El chófer había llevado sus escasas pertenencias al coche. Gabi y ella se habían abrazado llorando y prometiéndose mantener el contacto. Le había dado mucha pena dejar sola a su amiga, pero Drago le había dado a Gabi un sobre con dinero al tiempo que le había aconsejado usarlo con sensatez.

Una hora más tarde habían tomado un avión a Nueva York. Habían aterrizado dos horas después. Una hora más tarde se había encontrado en la habitación que ocupaba en aquel momento.

Nicky estaba en la habitación contigua. Tenía una bonita cuna y una zona de juegos con juguetes de bebé. Después de acostarle en la cuna hacia el mediodía ella también se había acostado. Siempre aprovechaba a dormir cuando lo hacía Nicky y cuando no tenía otra cosa que hacer; sin embargo, por lo general, Nicky se despertaba sin darle tiempo a descansar todo lo que necesitaba.

Holly se levantó y fue rápidamente a la habitación de al lado. Un súbito pánico se apoderó de ella al ver que Nicky no estaba en la cuna. Abrió la puerta de par en par y salió corriendo por el pasillo hasta llegar al palaciego salón con enormes ventanales y vistas a Central Park.

Allí, vio a una mujer sentada en el suelo con su niño. Nicky estaba tumbado boca abajo manoseando un juguete mientras la mujer le animaba a seguir.

–¿Quién es usted? –preguntó Nicky.

Estaba temblando de pies a cabeza. Le entraron ganas de agarrar a su hijo y apartarlo de esa mujer, pero no quiso asustar a su hijo, que parecía tranquillo y contento con lo que estaba haciendo.

La mujer se puso en pie y sonrió. Era una mujer mayor que ella, sencilla, vestida con unos pantalones vaqueros y una camiseta.

–Soy Sylvia –dijo la mujer ofreciéndole la mano–. El señor Di Navarra me ha contratado para ayudarla a cuidar a su hijo.

A Holly se le hizo un nudo en la garganta. No iba a permitir que él interfiriese en nada que tuviera que ver con Nicky.

–No necesito ayuda –respondió Holly–. El señor Di Navarra ha cometido un error.

Sylvia frunció el ceño.

–Lo siento, señora Craig, pero el señor Di Navarra parece pensar lo contrario.

–Voy a ir ahora mismo a hablar con él –respondió Holly con voz tensa.

–¿A hablar de qué?

Holly se dio la vuelta y vio a Drago junto a la puerta. Los latidos del corazón se le aceleraron al verle. Era un hombre sumamente guapo y no parecía poder evitar que le afectara de esa manera.

Drago llevaba unos vaqueros gastados y una camisa oscura. Iba descalzo. Estaba irresistible.

–No necesito ayuda de nadie para cuidar de mi hijo –declaró Holly.

Drago se adentró en la estancia y ella vio que iba con un periódico bajo el brazo. Drago dejó el periódico encima de una mesa y continuó caminando.

–Siento llevarte la contraria, pero sí necesitas que alguien te ayude con tu hijo –respondió él con arrogancia y desdén.

Drago se detuvo delante de ella, le puso dos dedos bajo la barbilla y se la quedó mirando fijamente.

Holly se apartó de él y le lanzó una mirada furiosa, segura de que a Drago lo único que le importaba era la campaña publicitaria. ¿Qué otra cosa podía haber esperado? ¿Que él hubiera contratado una niñera por estar preocupado por ella? No, a él no le importaba ella. Nunca le había importado.

Solo se preocupaba de sí mismo.

–Podías haberme preguntado primero. No me ha hecho ninguna gracia entrar en el cuarto de mi hijo y ver que no estaba.

–Lo siento, ha sido un error –respondió Drago con los ojos fijos en los de ella–. Como el niño estaba llorando, le dije a Sylvia que se lo llevara para que tú pudieras descansar ya que anoche no dormiste.

A Holly le dio igual que Drago hubiera notado que hubiera necesitado descansar; al fin y al cabo, a él le interesaba proteger su inversión. No obstante, era la primera vez en mucho tiempo que alguien se preocupaba por ella. Se le hizo un nudo en la garganta. Gabi lo habría notado de no ser por pasarle a ella lo mismo.

Holly miró a Sylvia, que había vuelto a sentarse en el suelo para jugar con Nicky. Era evidente que aquella mujer sabía lo que hacía.

Se llevó una mano a la frente y respiró hondo.

–Necesitas comer algo, Holly –dijo Drago, y ella levantó la vista.

–Bien, gracias –respondió ella.

–Ven a la cocina, vamos a pedir que te preparen algo de comer.

Holly lanzó una titubeante mirada al niño y a Sylvia. No era que no se fiara de ella, pero no la conocía.

–Preferiría quedarme aquí.

Drago frunció el ceño.

–El niño no va a desaparecer, Holly. Está bien, no le va a pasar nada.

Holly cerró los ojos. Reconoció no estar siendo razonable. Había dejado a Nicky con la señora Turner durante horas mientras ella trabajaba. ¿Tan terrible era ir a otra parte de la casa y dejar a esa mujer al cuidado de Nicky?

–Está bien –dijo Holly.

Drago, en vez de a la cocina, la llevó a una terraza con el suelo cubierto de césped en la que había mesas y sillas. También había árboles en enormes maceteros y flores. Y aunque se podía oír el ruido de la calle, al pasear la vista solo vio cielo, plantas y la parte superior de los edificios que asomaban por encima de las copas de los árboles de Central Park. Sorprendentemente hermoso.

–Esto no es una cocina –comentó Holly.

Drago se echó a reír.

–No. Me ha parecido mejor venir aquí.

Se sentaron y una empleada apareció con una bandeja de aperitivos: aceitunas, fiambres, pastelillos de queso, sándwiches de pepino y de jamón y exquisitas chocolatinas. No era mucho, pero era justo lo que le apetecía en ese momento.

Holly se sirvió y comió delicadamente para no parecer un animal hambriento. Aunque no pertenecía a la alta sociedad neoyorquina, su abuela la había educado bien.

La empleada volvió con una botella de vino. Ella empezó a protestar, pero Drago la hizo callar. Después, sirvió vino en dos copas.

—Disfrútalo —dijo él—. Una cosecha excelente de Château Margaux.

Aunque no sabía nada de vinos, Holly sí sabía de aromas y sabores. Se llevó la copa a la nariz y olfateó el líquido. El vino tenía un olor excelente. Bebió un sorbo. Perfecto. También sabía que era la clase de vino que jamás podría permitirse comprar.

Cuando alzó la vista sorprendió a Drago mirándola. Los ojos grises de él la penetraron. Ella le sostuvo la mirada. La Holly de un año atrás jamás se habría atrevido a hacerlo.

—Descríbeme este vino —dio él en tono autoritario, el tono de una persona acostumbrada a decirle a la gente lo que tenía que hacer y conseguir que lo hicieran.

A Holly no le gustó, aunque había sido solo una petición. Estaba cansada, tensa y no tenía ganas de seguirle la corriente. No estaba de humor para que la devoraran como a un conejo asustado.

—Bebe y sabrás a qué sabe —respondió ella—. No te va a costar ningún trabajo.

Sorprendiéndola, Drago se echó a reír.

–Al parecer, has decidido dedicar tu vida a llevarme la contraria.

–Eso sería si estuviera pensando todo el tiempo en ti, pero no es así. Ya no soy la misma que hace un año.

Aunque no había cambiado tanto como le gustaría. Sin embargo, estaba haciendo lo posible por madurar y endurecerse. Y por impedir que él, con su fuerte personalidad, la dominara.

Drago recostó la espalda en el respaldo del asiento y bebió un sorbo de vino.

–Yo no te obligué a nada, Holly. Si no recuerdo mal, te apeteció lo mismo que a mí. Y mucho.

Holly hizo lo posible por no ruborizarse. Imposible.

–Este vino es delicioso –declaró ella alzando la copa y observando el color–. Las notas de cabeza son a base de mora y grosella negra. Las notas de cuerpo huelen a rosa. Las de base o fondo a roble y café.

Drago arrugó el ceño.

–Ah, te avergüenzas de lo que hubo entre nosotros –declaró él con voz suave.

A ella le dio un vuelco el corazón.

–¿Que me avergüenzo? No, no me avergüenzo, pero no veo necesidad de hablar de ello. Eso ya pasó y me gustaría olvidarlo.

Como si pudiera hacerlo.

–¿Olvidarlo? ¿Por qué quieres olvidar algo tan maravilloso, Holly?

Holly levantó la copa y bebió otro sorbo con los ojos fijos en el vino para evitar mirarlo a él.

–¿Por qué no? Tú lo hiciste. Te negaste a escucharme y me echaste. Debiste olvidarme nada más salir de tu casa.

–Eso no significa que no lo pasara bien contigo.

–No quiero seguir hablando de esto –dijo Holly.

Porque le dolía y porque le hacía pensar en su hijo, que tenía un padre que ni siquiera sabía que lo era. Un padre a quien ni siquiera se le había pasado por la cabeza considerar esa posibilidad.

No, Drago pensaba que se había acostado con él con el único propósito de conseguir venderle sus fragancias. Y luego, al no lograrlo, que había vuelto a su casa y se había quedado embarazada inmediatamente.

Sí, podía confesarle la verdad, pero no lo conocía lo suficiente y no se fiaba de él. Y no podía correr riesgos con Nicky.

–Mi vida no ha sido siempre como la que ves que llevo ahora –dijo Drago–. Puede parecer que he nacido rico, pero te aseguro que no ha sido así. Sé perfectamente lo que es trabajar duro y lo que significa desear algo tanto como para estar dispuesto a vender tu alma al diablo por ello. Lo he visto una y otra vez.

Holly se humedeció los resecos labios con la lengua. ¿Le estaba contando algo personal? ¿Algo importante? ¿O solo estaba intentando intimidarla?

–¿No fue Navarra Cosmetics creada hace más de cincuenta años? –preguntó ella–. Y tú eres Navarra Cosmetics.

Drago se quedó mirando su copa de vino.

–Sí, yo soy Navarra Cosmetics. Pero eso no significa que venga de una familia privilegiada. No, ni mucho menos –Drago respiró hondo–. Pero aquí estoy y esta es mi vida. Y no me gusta que nadie trate de aprovecharse de mí.

A Holly se le endureció el corazón. Sabía lo que él había querido decir. Comenzó a temblar. Quería decirle que estaba muy equivocado. Que estaba ciego. Pero en vez de decírselo, se levantó del asiento. No soportaba seguir al lado de Drago ni un segundo más, no soportaba su cinismo.

—Ya he terminado —declaró ella desilusionada y furiosa por dentro.

Drago no le había dicho nada importante, simplemente le había lanzado una advertencia. Quizá no hubiera nacido rico, quizá fuera adoptado, pero eso a ella no le importaba. Seguía siendo un sinvergüenza sin corazón, un hombre arrogante y soberbio. Solo veía lo que quería ver.

Se marcharía y le dejaría plantado de no ser porque necesitaba dinero desesperadamente. Pero como no podía hacerlo, decidió entrar en la casa, agarrar a su hijo e ir a la habitación a pasar la tarde allí.

Pero no le dio tiempo ya que, al instante, Drago le rodeó la cintura con las manos. La aferró con fuertes dedos y ella tembló de deseo. Quería que Drago la acariciara y eso la enfadó.

Odiaba a Drago. Lo despreciaba.

Y lo deseaba.

Imposible. Desearle era peligroso para su salud. Y para el bienestar de su hijo.

Holly cerró los ojos y se quedó quieta mientras hacía acopio de valor. Lo necesitaría para resistirse a él. Conseguiría contenerse mientras Drago no la acariciase. No debía olvidar lo mucho que lo odiaba.

–Te agradecería que me soltaras –le dijo fríamente.

Drago tensó la mandíbula.

–Siéntate, Holly. Tenemos que hablar de muchas cosas.

–Ahora no tengo ganas, lo siento.

Drago le agarró la cintura con más fuerza. Después, bruscamente y maldiciendo en italiano, la soltó.

–Vete si quieres. Sal corriendo como una niña asustada. Pero te aseguro que vamos a hablar de lo que espero de ti. Y pronto.

Holly apretó los dientes. Miró a las puertas de cristal que solo tenía que atravesar para entrar en la casa y sentirse libre. No tenía más que agarrar a Nicky y escapar a su habitación.

Pero era retrasar lo inevitable. Lo sabía. Era lo que quería hacer, pero no podía. Tenía que enfrentarse a la realidad.

Holly Craig no quería ser una mujer que se diera por vencida.

No iba a darse por vencida.

Holly volvió a sentarse en la silla y cruzó las piernas. Después, agarró la copa de vino y miró a Drago directamente a los ojos.

–Está bien, habla. Te escucho.

Capítulo 6

DRAGO nunca había conocido a una mujer tan exasperante. Tenía a Holly Craig sentada a la mesa enfrente de él con los rayos del sol iluminándole el rostro y el cabello y aspecto de diosa dulce e inocente.

Pero todo era una ilusión.

Holly no era dulce. Y, desde luego, no era inocente. Al recordar los momentos en los que le demostró que no era inocente endureció. Inmediatamente, borró de su mente el recuerdo de cuando había hecho el amor con ella y clavó los ojos en la dureza de su expresión.

Esa mujer tenía mucha determinación. La notaba muy diferente al año anterior. A veces vislumbraba sombras de la chica inocente, pero ahora era, sobre todo, dura y reservada. Sí, había cambiado.

O quizá su comportamiento el año anterior había sido puro teatro. Cabía la posibilidad de que había sido igual de dura, pero había fingido no serlo. Con los años, se había dado cuenta de lo mucho que estaban dispuestas a hacer las mujeres con el fin de conquistar a un hombre rico. A pesar de haber sido virgen, no significaba que su plan hubiera sido inocente. La inocencia en lo sexual no significaba necesariamente inocencia en general.

A pesar de todo, seguía queriendo que fuera la modelo de Sky. Tenía el rostro que necesitaba para la campaña publicitaria. Tenía un rostro de una belleza normal, la clase de belleza a la que aspiraba toda mujer. No, Holly no era perfecta. No poseía la clase de belleza de una supermodelo.

Pero era perfecta para lo que él quería.

Por eso era por lo que la aguantaba, se dijo a sí mismo. A pesar de la poca cooperación que ella mostraba.

Drago había empezado desde cero en Navarra Cosmetics porque su tío había insistido en que empezara desde abajo con el fin de llegar a conocer a fondo el negocio. Pero algo que siempre había tenido era instinto profesional. Y el instinto le decía que Holly Craig era justo lo que el lanzamiento de Sky necesitaba. Y él estaba decidido a que Holly fuera la modelo.

A pesar de tener que soportar la hostilidad de ella y tener un niño en su casa. Cuando fueran a Italia les hospedaría en otra ala de la casa. Así podría ignorarlos hasta acabar las filmaciones y las sesiones de fotos.

Holly bebió un sorbo de vino y él pensó en cómo lo había descrito. Era la primera vez que Holly bebía Château Margaux, estaba seguro de ello, pero lo había descrito a la perfección tras un solo sorbo. Sí, no le quedaba más remedio que reconocer que ella entendía de fragancias y sabores.

Pero eso no la hacía necesariamente una gran perfumista.

—Háblame de lo que esperabas conseguir cuando viniste a Nueva York el año pasado.

Los ojos de ella se agrandaron. Después se empequeñecieron como si Holly dudara de sus intenciones.

–¿Qué quieres decir? –preguntó ella con cautela.

–¿Que qué quiero decir? –repitió Drago con irritación–. Viniste con unas muestras de perfume. Te hiciste pasar por modelo. ¿Cuáles eran tus intenciones? ¿Qué creías que iba a pasar después de acaparar mi atención?

Holly enrojeció y sus ojos echaron chispas.

–Si no recuerdo mal, no me permitiste que me explicara aquella mañana. Fue un malentendido, pero tú te marchaste sin más, te negaste a oírme.

Drago bebió un sorbo de vino.

–¿En qué sentido fue un malentendido, *cara*? Cenamos juntos y pasamos la noche juntos. Y, además, estuviste posando para las cámaras durante dos horas y en ningún momento aclaraste que no eras una modelo.

Holly siguió sonrojada. Cerró los ojos momentáneamente. Volvió a abrirlos y lo miró fijamente.

–Lo sé, debería haberlo hecho. Pero tú me tomaste por una modelo y a mí me dio miedo decir que no lo era. Tenía miedo de perder la oportunidad de hablar contigo.

–Te dediqué la tarde entera –le espetó Drago.

–Entre un sinfín de llamadas telefónicas –replicó ella–. Me resultó imposible tener una conversación seria contigo en semejantes circunstancias.

–Ah, ya, esa es tu disculpa. ¿Y más tarde?

Por imposible que pareciera, Holly enrojeció aún más. Tenía las mejillas encendidas. Él se habría echado a reír de no estar tan enojado. A pesar de ello, el sonrojo de Holly le hizo recordar su falta de experiencia y lo entusiasmada que se había mostrado un año atrás.

No, mejor no pensar en eso.

–Más tarde estábamos... ocupados. No me pareció oportuno sacar el tema –los ojos de ella brillaron–. ¿No se te ha ocurrido pensar que yo no podía saber que ibas a necesitar una modelo ese día? ¿En por qué estaba esperando a que me recibieras en tu despacho? No planeé nada, Drago, tenía una cita –Holly se aclaró la garganta–. Al menos, creía que la tenía. Una amiga de universidad de la mujer del alcalde me dijo que te conocía y que me podía conseguir una cita contigo. Me dio el día y la hora de la cita y me dijo que me concederías diez minutos. Por eso fui.

Podía ser verdad aunque no se acordara. Pero eso no disculpaba lo que Holly había hecho. Ella le había mentido.

–No obstante, te aprovechaste de que yo te confundiera con una modelo.

Holly suspiró con exasperación.

–Sí, es verdad, lo admito. Pero tú me ordenaste que te siguiera y no me diste oportunidad de explicarme. Al final decidí seguirte la corriente hasta encontrar el momento de poder explicarte quién era.

Drago la miró detenidamente. ¿En serio creía que Holly Craig lo había planeado todo fríamente?

No, no lo creía. Pero se había aprovechado de él. Y eso era imperdonable.

–Es posible que tuvieras una cita conmigo, pero yo estaba teniendo un mal día. Ninguna modelo me había convencido y le había pedido a mi secretaria que cancelara todas las citas de ese día y que las cambiara para otro momento.

–Pero como yo no había concertado la cita tu secretaria no pudo ponerse en contacto conmigo. Además, yo ya había viajado a Nueva York, no podía volver sin antes hablar contigo.

Drago recordó el momento en que la vio en la sala de espera, completamente fuera de lugar con ese traje negro y los tacones de color rosa con el precio aún pegado al zapato. Sintió una punzada de algo que no quiso examinar a fondo. Y tampoco quiso pensar en lo que ocurrió después. Cierto que podía haber sido un error, pero Holly había tenido ocasiones de sobra para sacarle de su error.

Holly le había tomado el pelo. No, no se arrepentía de haberla echado de su casa.

–¿Y qué esperabas conseguir con la cita? ¿Que te ofreciera trabajo?

Holly sacudió la cabeza.

–Esperaba que te gustara Colette.

–¿Colette?

–Es el último perfume que hicimos mi abuela y yo. El mejor. Esperaba que te gustara, que lo compraras y que lo lanzaras al mercado.

–No es posible que no sepas que las grandes empresas no funcionamos así –Drago acarició la copa de vino con los dedos–. En Navarra tenemos nuestros propios perfumistas. Los perfumistas investigan según directivas que les da la empresa, según lo que queremos que hagan. A veces, crean perfumes en tándem con gente famosa. Nunca compramos perfumes a perfumistas independientes.

Holly alzó la barbilla.

–De acuerdo. Pero mi perfume es lo suficientemente bueno como para que quieras comprarlo. Y tenía que intentarlo.

Drago casi admiraba su constancia. Casi.

–¿Por qué?

Ella volvió la cabeza y se llevó los dedos a los labios. Cuando le dio la cara de nuevo, tenía los ojos llenos de lágrimas.

–Porque mi abuela había muerto y no quería perder su casa. Quería conservar el hogar de mi infancia y, a la vez, honrar la memoria de mi abuela.

–¿Y... perdiste la casa? –preguntó Drago, aunque sabía la respuesta, teniendo en cuenta el lugar donde la había vuelto a encontrar. Si ella aún tuviera la casa no creía que se hubiera ido a trabajar a un casino; sobre todo, con el niño.

–Sí, la perdí. No pude cubrir las deudas así que la casa se vendió. La compró un matrimonio muy agradable.

Él no había tenido un hogar de pequeño, aunque era lo que más había deseado. Su tío le había llevado a vivir con él a los once años de edad, librándole de la errática vida que había llevado con su madre. Sí, había ido a vivir a la propiedad Di Navarra en Tuscani a los once años de edad. Lo más parecido a un hogar que había tenido nunca.

El problema era que desconocía lo que era el amor de una madre o la sensación de pertenencia a algún lugar. Su tío se había portado muy bien con él y, por supuesto, le estaba muy agradecido, pero su tío había pasado la mayor parte del tiempo trabajando por lo que él siempre había estado en compañía de tutores o solo.

–¿Y tus padres? –preguntó Drago.

–No llegué a conocerlos. Mi padre es un misterio para mí y mi madre murió cuando yo era aún un bebé –lo dijo con falta de emoción, pero Drago sabía que debía dolerle.

Drago no había conocido a su padre, aunque sí sabía quién había sido. Tampoco había tenido suerte con su madre. Todavía no habían cicatrizado las profundas heridas que ella le había dejado.

–¿Y el padre de tu hijo? –preguntó Drago sacudiéndose el doloroso recuerdo de su madre–. ¿Por qué no está contigo, ayudándote?

Drago la imaginó embarazada, sola y sin hogar. Eso le enfadó y le disgustó simultáneamente. Le enfado porque le recordó a su madre, pero le disgustó pensar en lo mucho que Holly había perdido. ¿Era eso lo que le había pasado a su madre? Jamás llegó a comprender por qué ella había sido tan veleidosa, siempre de un lado a otro, siempre en busca de algo inalcanzable.

De no haber sido por él, por el dinero que su tío enviaba para su manutención y que su madre había gastado sin pensarlo dos veces, quizá ella no hubiera tenido más remedio que sentar la cabeza.

Estaba claro que Holly no hacía eso con su hijo, pero no se podía ignorar el hecho de que hubiera estado viviendo en un lugar tan insalubre y que hubiera dejado a su hijo en manos de una vecina. Su madre había hecho lo mismo una y mil veces. Si el padre del niño le diera dinero a Holly, ¿se lo gastaría en la búsqueda de algo que llenara el vacío que sentía por dentro? ¿O, por el contrario, llevaría una vida tranquila y se dedicaría al cuidado de su hijo, tal y como este se merecía?

—Si no estoy equivocado, en este país se puede llevar a juicio a un hombre por no participar en la manutención de su hijo —comentó Drago—. Al menos podrías haberle pedido algo de ayuda al padre de la criatura. ¿Por qué no lo has hecho?

De los ojos de Holly salieron chispas.

—¡Como si fuera tan sencillo! En primer lugar, habría necesitado dinero para un abogado, ¿no? Y teniendo en cuenta que ni siquiera podía pagar la hipoteca, no es de extrañar que tampoco pudiera permitirme el lujo de un abogado.

—Así que te buscaste un trabajo de camarera —declaró él en tono de censura.

¿No podía haberse buscado otra clase de trabajo? ¿Un trabajo mejor para poder criar a su hijo?

—Sí, así es. Me marché de New Hope, me fui a Nueva Orleans y encontré trabajo en el casino. Las propinas eran buenas y necesitaba dinero.

—Pero no eran lo suficientemente buenas como para poder permitirte un lugar decente para vivir.

—No todo el mundo tiene tanta suerte como tú.

—A mí no me han regalado nada, *cara*. He trabajado mucho para conseguir lo que tengo.

—Sí, pero ibas con ventaja.

—No del todo —contestó Drago.

Los once primeros años de su vida fueron terribles. Cuando su tío Paolo fue a buscarlo ni siquiera sabía leer, lo único que sabía hacer era contar las monedas para ver si tenían lo suficiente para la cena.

–En fin, cuando acabes este trabajo tendrás el dinero suficiente para vivir con tu hijo en un lugar tranquilo y seguro –añadió él.

–¿Cómo te atreves a insinuar que haya puesto en peligro la vida de mi hijo? –dijo ella muy tensa–. El hecho de no haber podido vivir en una casa de tu gusto, Excelencia, no significa que mi hijo corriera peligro.

Holly estaba sumamente tensa y temblaba. Sus ojos despedían chispas. Esa chica tenía temperamento.

Los dos habían ardido en las llamas de la pasión. ¿Cómo sería ahora?

Desechó la idea y clavó los ojos en el bonito rostro de ella. Navarra Cosmetics iba a ganar mucho dinero con ella.

No iba a mantener relaciones con ella y a estropearlo todo, por mucho que le apeteciera.

–¿En serio te parecía un lugar apropiado para criar a tu hijo, Holly? ¿Quieres seguir dejándolo en manos de la señora Turner? ¿De verdad quieres que tu hijo esté contigo solo unos minutos al día porque tú estás trabajando?

Holly debía hacerse cargo de la situación. Tenía que pensar en su hijo.

–Claro que no quiero eso –contestó ella–. Quiero una casa y un buen colegio para mi hijo. Quiero que Nicky tenga todo lo que yo tenía de pequeña. Y pienso dárselo.

–Y lo más seguro es que lo consigas –declaró él–. ¿Tienes idea de lo que vas a ganar con la campaña publicitaria?

Holly negó con la cabeza.

–Piensa en una cifra con seis números, *cara*. Pero primero tendremos que ver las fotos –porque por mucho que quisiera que Holly cuidara de su hijo, no estaba dispuesto a darle dinero a cambio de nada. Él llevaba un negocio.

Holly había agrandado los ojos desmesuradamente. La vio tragar saliva y mirarlo con expresión decidida.

–Antes de nada quiero ver ese contrato.

Drago sintió una gran irritación.

–¿Es que no te fías de mí? –preguntó él en tono cortante.

Holly no era nadie. No tenía nada. Necesitaba ese trabajo y, después de lo que había hecho hacía un año, mejor que confiara en él.

Pero ella no se amilanó y eso le hizo admirarla a regañadientes.

–¿Por qué iba a hacerlo? –contestó ella en tono engañosamente dulce.

–¿Tienes alternativa?

La mandíbula de Holly endureció.

–No, supongo que no.

–Exacto –Drago se levantó de la mesa–. Tendrás tu contrato, Holly, porque así se hacen los negocios.

Entonces, Drago se inclinó hacia delante y, apoyando las manos en la mesa, la miró a los ojos.

–Y si no te gustan los términos del contrato haré que te lleven al lugar del que has venido y nunca más permitiré que te pongas en contacto conmigo.

Holly estaba inquieta. Acostumbrada a trabajar sin descanso y a cuidar a su hijo después de volver a casa, estar en esa casa y con una niñera le parecía surrealista.

Se puso a leer un libro y lo dejó. Se puso a ver la televisión y la apagó. No lograba concentrarse.

Pensó en ir a dar una vuelta, pero le asustaba un poco pasear por las calles de Nueva York sola. Si se perdía en la gran ciudad quizá no encontrara el camino de vuelta.

Por fin, admitió que la causa de su desasosiego no era solo que su vida hubiera cambiado tan radicalmente en cuestión de unas horas.

No, la causa era Drago di Navarra. Se había enfadado con ella y le había amenazado con llevarla de vuelta a Nueva Orleans, al lugar donde la había encontrado. La idea la hizo estremecer. Sí, estaba furiosa con él, no soportaba su arrogancia, pero no podía permitirse perder ese trabajo. No podía hacer que él la echara antes de haber cobrado por el trabajo de publicidad.

Drago apareció en el cuarto de estar en ese momento. Vestía un esmoquin y estaba guapísimo. A ella se le aceleraron los latidos del corazón. Cerró la boca al darse cuenta de que la había abierto.

Era natural que Drago saliera.

No sabía adónde iba a ir ni con quién, pero la idea de que estuviera por ahí bailando con una hermosa mujer se le clavó como una espina en el corazón.

¿Por qué? ¿Qué más le daba a ella lo que él hiciera?

Holly levantó la barbilla y se lo quedó mirando, a la espera de que Drago dijera algo. Porque era evidente que había ido a decirle algo. Quizá hubiera decidido prescindir de ella. Quizá hubiera ido a decirle que recogiera sus cosas, que había un coche esperando para llevarla al aeropuerto.

—Tengo que salir —dijo Drago sin preámbulo.

—Eso ya lo veo. Que te lo pases bien.

Drago ignoró el comentario y se acercó para sentarse en el brazo del sillón frente al que ocupaba ella. La televisión estaba a espaldas de Drago y ella clavó los ojos en la pantalla.

—Tenemos que hablar —dijo Drago.

A Holly le dio un vuelco el corazón. Iba a mandarla a su casa. Todo había terminado. Bien, pues tendría que darle dinero para compensar las molestias de haber ido hasta allí.

—¿Tienes pasaporte? —preguntó él.

Holly pestañeó.

—Yo... no, no tengo pasaporte —no era eso lo que había esperado.

Drago frunció el ceño.

—Entonces vamos a tener que ocuparnos de ese asunto lo antes posible.

—¿Por qué?

—Porque nos vamos a Italia, *cara*.

—¿A Italia? —le sobrevino un ataque de pánico—. ¿Por qué?

—Porque ahí se va a filmar el comercial de Sky. Porque lo digo yo, que soy el jefe.

Holly cambió de postura en su asiento.

—Tú no eres mi jefe —declaró ella.

¿Por qué iba a permitirle tanta arrogancia? Drago le había pedido que trabajara como modelo en la campaña publicitaria y ella había contestado que sí, pero aún no habían empezado y todavía no tenía el contrato.

Drago arqueó una ceja.

–¿Que no lo soy? Yo creía que los que pagan los sueldos son los jefes.

–Todavía no me has pagado ni un céntimo –respondió Holly.

–¿No? No has venido a Nueva York por arte de magia, Holly. Y Sylvia no trabaja gratis.

Holly sintió que las orejas le abrasaban. Todo eso costaba dinero.

–Yo no te pedí que la contrataras.

–No, pero no entraba en mis planes que fueras a todos los lados con un niño abrazado a ti.

–No voy a ir a Italia sin un contrato –declaró ella en tono beligerante.

–Redactar un contrato lleva su tiempo –dijo Drago fríamente–. Pero no te preocupes, Holly, tendrás tu contrato. En cualquier caso, tenemos que conseguirte un pasaporte y otro para tu hijo.

El corazón volvió a darle un vuelco. Nunca había tenido pasaporte, pero suponía que tendría que rellenar unos papeles con información que prefería que Drago no supiera. Una información que podría ponerle sobreaviso.

–No entiendo por qué no podemos filmar aquí, como hace un año. El parque es precioso y...

–Porque quiero algo distinto –la interrumpió Drago–. Porque tengo una idea de cómo quiero que salga y para ello hay que ir a Italia.

Holly bajó la mirada y la fijó en sus zapatillas deportivas. Qué contraste, él vestido con esmoquin y ella con vaqueros y zapatillas deportivas como si fuera una quinceañera.

El contraste marcaba perfectamente la diferencia entre ambos.

–Me parece que es tirar el dinero –comentó Holly con voz queda–. El parque está aquí y es muy bonito.

Drago se puso en pie y, cuando ella alzó los ojos, se quedó sorprendida por la intensidad de su mirada.

Holly tragó saliva.

–Me parece muy bien que seas tan mirada con el dinero –comentó Drago con cierta nota de ironía–. Pero la verdad es que puedo permitirme lo que quiera y lo que quiero es filmarte en Italia.

–Bueno, en ese caso, supongo que tendré que conseguir los pasaportes.

–Sí, así es. Yo lo arreglaré –Drago se miró el reloj y frunció el ceño–. Y ahora, si me disculpas... Tengo una cita.

Una cita.

A Holly se le hizo un nudo en el estómago, pero se obligó a sí misma a sonreír. No, no debía importarle.

Drago no estaba disfrutando. Llevaba un mes esperando para ir a esa función en el Metropolitan de Nueva York, pero no conseguía concentrarse. La mujer agarrada a su brazo, una hermosa heredera que había conocido en una cena de negocios hacía poco le aburría.

Era una mujer encantadora e inteligente que dedicaba gran parte de su tiempo a obras de caridad. Pero ahora se daba cuenta de que lo hacía porque necesitaba entretenerse con algo, pasar el tiempo.

En realidad, a esa mujer no le importaba la gente a la que ayudaba. Lo hacía porque era lo que se esperaba de ella, porque la hacía sentirse el centro de atención. Un par de días atrás había leído una entrevista que la habían hecho durante un pase de modelos al que había asistido en Europa.

Lo desconcertante era que estaba seguro que, de haber ido unos días atrás a la función, no se habría aburrido. Pero al pensar en Holly dando el biberón a su hijo en aquel horrible piso...

Holly sabía lo que era luchar para sobrevivir. Sabía lo que era no tener prácticamente nada. Había perdido su casa y había estado trabajando de camarera para subsistir. Su madre había hecho lo mismo, aunque por razones que solo ella había comprendido.

La mujer que estaba a su lado, Danielle, no sabía lo que era luchar en la vida.

Él sí lo sabía. Sabía lo que era no tener nada, depender de la generosidad de la gente para comer. Le había ocurrido cuando era solo un niño, pero llevaba el recuerdo consigo. Lo había estado reprimiendo hasta ahora, hasta la llegada de Holly Craig en su vida.

—Drago, ¿has oído lo que te he dicho?

Al mirar a la mujer que estaba a su lado sintió repugnancia. No quería desperdiciar el tiempo con una mujer superficial y egoísta. Era multimillonaria, pero utilizaba a la gente.

Aquella noche quería estar con una mujer que al mirarlo no lo hiciera como si él fuera un dios, prefería una mujer que se negara a aceptar cualquier cosa que él pudiera decir.

Quería estar con Holly, una mujer que hablaba a las claras.

–Sí, te he oído –le contestó a Danielle–. Y lo siento mucho, pero tengo que marcharme. Lo lamento, pero tengo otro compromiso esta noche.

Danielle abrió la boca como si no diera crédito a sus palabras.

–Pero yo creía...

Drago se llevó la fría mano de ella a los labios y se la besó.

–*Ciao, bella.* Me alegro mucho de haberte vuelto a ver.

Y antes de que Danielle pudiera pronunciar una palabra más, Drago se alejó de ella y se marchó.

Era un gran inconveniente desear a la mujer a la que había echado de su casa en una ocasión, pero no podía evitarlo.

Llegó a su casa en menos de quince minutos. Se miró el reloj, no era tarde, solo las nueve y media. El piso estaba como siempre, con la televisión apagada y el cuarto de estar vacío. El niño tampoco estaba allí rodeado de juguetes.

Le invadió una profunda desilusión.

Cruzó el cuarto de estar y salió al pasillo al que daban las habitaciones. El corazón le latía con fuerza. ¿Y si Holly se había marchado? ¿Y si había cambiado de idea y había vuelto a Nueva Orleans?

De repente, oyó ruido en la cocina. Era tarde para que los empleados estuvieran allí, ya debían haberse ido a sus casas.

Se dirigió a la cocina y, en la puerta, se detuvo. Holly llevaba el rubio cabello recogido en una coleta.

Vestía pantalones de yoga, una camiseta suelta y el rostro se le veía sonrosado.

La vio abrir el microondas; después, sacar un biberón, que dejó en el mostrador. Algo en el hecho de ver el biberón hizo que se sintiera como si le hubieran dado un golpe en el estómago. No pensaba que le faltara algo en la vida... hasta ese momento. Nunca había echado de menos no tener hijos. No sabía lo que era querer a nadie y no sabía cómo hacerlo.

Siempre se había mantenido al margen de todo, como si mirara de fuera hacia adentro. Pero ahora... ahora se sentía un extraño en su propia casa.

Pero eso era justamente lo que le estaba ocurriendo. Y sintió un vacío que hacía mucho que no sentía.

Capítulo 7

UN SEXTO sentido le dijo a Holly que no estaba sola. Sabía de quién se trataba. No tenía necesidad de verle para saberlo. Podía sentirle. Olerle.

El corazón le latía con fuerza cuando, muy despacio, se volvió. Al verle con el esmoquin se quedó sin respiración. Era moreno, guapo y sus grises ojos brillaban con intensidad mientras la miraban. Parecía... de mal humor, como si se le hubiera estropeado la velada.

¿Tan mal estaba que se alegrara de que las cosas entre él y su pareja de aquella noche no hubieran ido bien?

–Has regresado temprano –comentó Holly, con la esperanza de que Drago no hubiera notado emoción en su voz.

–A lo mejor no –respondió Drago acercándosele. Drago llevaba las manos en los bolsillos de la chaqueta. Aún lucía el lazo de la corbata, como si estuviera a punto de salir en vez de volver a casa–. ¿Cómo sabes si vuelvo a casa pronto o no?

Holly le dio la espalda para ver la temperatura del biberón. Al comprobar que aún estaba demasiado caliente lo metió en agua fría. Después, se encogió de hombros.

–No lo sé, ha sido una suposición. No me pareces la clase de hombre que se va a la cama a las diez.

Se arrepintió de lo que había dicho en el momento en que aquellas palabras escaparon de sus labios. Se le encendieron las mejillas al instante, en el momento en que mencionó la cama. ¿Cómo se le había ocurrido decir algo así?

Drago arqueó una ceja y ella se dio cuenta de que él no iba a dejar pasar la oportunidad de hacer un comentario al respecto.

–Te equivocas, Holly, me gusta la casa y la cama. A veces, prefiero saltarme los preámbulos e ir a la cama directamente.

Holly fingió no comprender.

–Muy extraño. Imaginaba que a un importante hombre de negocios como tú le gustaría salir para lucirse.

–Cada cosa en su momento, *cara mia*.

La voz sensual de Drago la hizo vibrar de placer.

Había pasado las últimas horas pensando en él, preguntándose qué estaría haciendo, si iba a conquistar a la mujer con la que había salido, si la iba a seducir como la había seducido a ella. Era un hombre hipnotizante. La había deprimido imaginarle en los brazos de otra mujer.

Trató de convencerse a sí misma de que era porque estaba allí otra vez, en casa de Drago, por lo que se sentía así. Allí había concebido a su hijo. Todo cambiaría cuando se marchara de allí.

Drago se acercó a ella. Demasiado.

–Sí, y ahora es el momento de darle el biberón a Nicky –zanjó Holly con un temblor en la voz que no pudo evitar. Dejó el biberón en el agua y se volvió hacia él, apoyando la espalda en el mostrador de la cocina–. Bueno, dime, ¿lo has pasado bien esta tarde? ¿Has visto a alguien interesante?

–No –respondió él inmediatamente–. He estado con gente superficial y que solo piensa en sí misma.

A Holly le entraron ganas de decirle que él era superficial y que solo pensaba en sí mismo, pero le resultó imposible porque en ese momento Drago parecía encontrarse como perdido. Bajo de moral. No sabía por qué, pero al darse la vuelta y verle ahí... le había dado la impresión de ser una persona triste y sola.

Lo que era ridículo, tratándose de Drago di Navarra.

–Hay gente superficial y egocéntrica en todas partes. No puedes imaginar lo que he visto en el casino.

–Pero también hay gente como tú –comentó él con mirada ardiente.

A ella le dio un vuelco el estómago. Se tragó el nudo que acababa de formársele en la garganta.

–¿Qué quieres decir?

Drago se acercó a ella y le puso las manos en los hombros. El cuerpo entero le tembló. Había conocido sus caricias y las anhelaba.

«No, no, no», se dijo en silencio con frenesí. Había sufrido mucho a causa de él. Le había dolido inmensamente que la echara de su casa, la idea de no volverle a ver nunca más. Drago le había destrozado el corazón.

No iba a sufrir una vez más semejante tortura.

–¿Qué crees que significa? –preguntó Drago.

Holly respiró hondo.

–Creo que significa que estás intentando seducirme otra vez.

Drago rio y eso la afectó. Le encantaba la risa de él. Cuando reía, Drago parecía un hombre diferente, más abierto y despreocupado. Le gustaba cuando reía.

–*Dio*, me divierto contigo, *cara*. El año pasado... creo que me precipité.

–Es posible –contestó ella temblorosa.

Drago se le acercó y le acarició los brazos. Con suavidad y sensualidad.

Holly quiso gemir de placer por todo lo que Drago la hacía sentir.

–Y aquí estamos otra vez –continuó Drago–, con toda una noche por delante.

Holly pensó en extremidades entrelazadas y sábanas de satén. Pensó en un placer tan intenso que debía ser una exageración producto de su imaginación. No podía haber sido real. ¿O sí?

Holly se clavó las uñas en las palmas de las manos para no olvidar que había dolor en la propuesta de él. En la otra y única ocasión todo había acabado mal y ahora no podía esperar nada distinto. No podía correr riesgos.

–Lo siento, pero es demasiado tarde, Drago. Perdiste la oportunidad de convertirme en tu esclava. Yo solo soy esclava de un hombre y ese hombre apenas mide un palmo y necesita que le dé el biberón.

Drago le acarició los brazos una última vez y la soltó. Irónicamente, a ella le hirió el orgullo que Drago se rindiera tan fácilmente, como si en realidad no la hubiera deseado tanto.

–Es afortunado de tener una madre tan dedicada.

–Hago lo que puedo. Aunque supongo que podría hacerlo mejor.

Drago le puso los dedos en la barbilla y se la alzó. Entonces, la miró fijamente a los ojos.

–¿Por qué dice eso, Holly?

Cuando los ojos se le llenaron de lágrimas, los cerró brevemente para contenerlas. No iba a llorar. No podía mostrarse vulnerable delante de ese hombre. Tenía que protegerse. Y, para ello, tenía que ser fuerte. Inamovible.

–He trabajado mucho –declaró Holly con voz ronca–. No le he podido dedicar todo el tiempo que me habría gustado dedicarle. Tampoco me gustaba el lugar en el que vivíamos, pero no podía permitirme nada mejor.

Drago suspiró.

–Podría haber sido peor, créeme –dijo él–. Hiciste lo que tenías que hacer.

A Holly no le gustó la expresión que vio en sus ojos, una expresión triste y desolada.

–Hice lo que pude. Al menos no estábamos en la calle y teníamos para comer.

Una sombra cruzó las facciones de Drago y a ella se le encogió el corazón. Resistió la tentación de acariciarle la mejilla como hiciera un año atrás. Pero Drago dio un paso atrás, distanciándose de ella.

–Y ahora todo va a ser más fácil. Este trabajo te va a permitir una nueva vida, Holly. Tendrás más oportunidades.

Holly lanzó un suspiro.

–Por eso estoy aquí.

Drago tenía el ceño fruncido y ella se agarró al mostrador de la cocina, a sus espaldas. Sintió unas incontenibles ganas de abrazarlo y rodearle la cintura.

–Deberías haber exigido al padre de tu hijo que te ayudara –declaró Drago con voz tensa–. Ese hombre no debería haber permitido que lucharas sola.

Un escalofrío le recorrió el cuerpo. Se sentía culpable.

–No podía –respondió Holly con voz ahogada–. No quiso saber nada de mí.

Drago no pudo disimular su enfado.

–¿Es un hombre casado, Holly?

Holly no supo cómo reaccionar. Sin saber por qué, asintió con la cabeza. ¡Increíble! ¿Por qué había hecho eso? ¿Por qué había mentido? ¿Por qué no le decía la verdad simplemente?

Drago lo comprendería. Acababa de decir que sabía que ella había hecho todo lo que había podido. La ayudaría, su hijo tendría un padre...

No. No sabía nada. No sabía cuál sería la reacción de Drago si ella le decía que él era el padre de Nicky. ¿Y si no la creía? ¿Y si volvía a echarla de su casa y no la contrataba? Necesitaba el dinero, no podía arriesgarse. Tenía que proteger a su hijo.

Hasta firmar el contrato no podía permitirse revelar la paternidad de su hijo. Tenía que proteger a Nicky. Él era lo primero.

Drago la miraba con dureza y a ella se le encogió el corazón. Estaba agonizando.

«Tú eres el responsable», quiso decirle.

–Si no te gusta, lo siento –dijo ella con voz quebrada. Sabía que no debía importarle lo que Drago pensara de ella, pero sí le importaba.

Drago arqueó las cejas.

–¿Si no me gusta? –Drago sacudió la cabeza–. No estaba pensando eso, Holly. Estaba pensando en que ese hombre debe ser un sinvergüenza por dejarte sola.

Drago parecía enfurecido, dispuesto a luchar por Nicky y por ella. Y eso la hizo sentirse culpable, mucho.

–No se lo he dicho –confesó Holly. Y vio que el enfurecimiento de Drago se transformó en sorpresa.

Holly bajó la mirada. Estaba cavando su propia fosa, una fosa de la que nunca podría escapar.

–¿Que no se lo has dicho? ¿Quieres decir que ese hombre no sabe que tiene un hijo?

Ella asintió.

–Intenté decírselo, pero... no quiso saber nada de mí.

Drago parecía perplejo y ella deseó que en esos momentos se la tragara la tierra.

Holly se volvió para agarrar el biberón. No podía seguir así ni un segundo más. No podía seguir mintiendo.

–Tengo que darle el biberón a Nicky.

Fue a salir de la cocina, pero Drago le agarró el brazo.

–Todavía puedes hacerlo, forzar a ese hombre a que cumpla con sus obligaciones.

–La situación es la que es –zanjó ella.

Sentado delante de su mesa de despacho en la oficina, Drago pensó en la cara de Holly al hablarle del padre de su hijo la noche anterior. Había querido estrecharla en sus brazos y decirle que no se preocupara. Incluso se le había pasado por la cabeza, brevemente, ir a ver a ese hombre y obligarle a reconocer la existencia de su hijo.

Pero la reacción de Holly le dijo todo lo que necesitaba saber. Holly temía a ese hombre, quienquiera que fuese. Por lo tanto, había decidido no presionarla.

Además, si ese hombre entraba en escena, acabaría formando parte de la vida de Holly. Habría otro hombre en su vida. No sabía por qué eso le preocupaba, pero así era. No quería compartir a Holly.

Drago cerró los ojos y respiró hondo. No, no era que no quisiera compartirla. Eso era una estupidez. Habían pasado juntos una noche, una noche fabulosa, pero ahora ella tenía un hijo y él no quería relaciones con una mujer con un bebé.

Sí, le gustaría volver a tener relaciones sexuales con ella, quería acostarse con ella, pero no podía hacerlo. La había visto muy vulnerable y esa vulnerabilidad le llegaba a lo más profundo de su ser. La había visto asustada, confusa y preocupada. No quería intimar con ella. Quería placer físico, pero sin involucrarse emocionalmente. Y Holly Craig no era capaz de entregarse al placer sin más complicaciones.

Drago se pasó las manos por el cabello y volvió la vista hacia el ventanal con vistas a la ciudad. Le encantaba la ciudad, le encantaba el ajetreo de sus calles. Nueva York era una ciudad que jamás dormía.

Pero en esos momentos deseaba estar en un lugar que sí durmiera. Prefería un lugar tranquilo con un ritmo lento de vida. Quería llevar a Holly y a su hijo a Italia.

Pero para eso debía sacarles los pasaportes, por lo

que abrió un mensaje electrónico que le había enviado su secretaria con la información de los documentos que había que presentar.

Tras leer unos cuantos mensajes más relacionados con el trabajo, apagó el ordenador y le informó a su secretaria que se marchaba y que iba a estar ocupado el resto del día. Debía concentrarse en la campaña publicitaria de Sky y para eso necesitaba conseguirles pasaportes a Holly y a su hijo.

Cuando Drago llegó a su casa, casi media hora más tarde, seguía sin comprender por qué le atraía tanto Holly Craig y tampoco sabía por qué se había tomado el resto del día libre para hacer algo que podía haberle encargado hacer a cualquiera de sus empleados.

Al entrar en el cuarto de estar y ver a Holly en el suelo con su bebé no pudo evitar enternecerse. Ella le lanzó una mirada grande y dolida, y a él se le encogió el corazón.

—Hola, Holly —dijo él dejando la cartera en la mesa que tenía más cerca.

Holly sonrió, pero la sonrisa no le llegó a los ojos.

—No te esperaba tan pronto —dijo ella.

Drago se encogió de hombros.

—Soy el jefe. Decido mi horario.

Holly miró a su hijo y sonrió; esta vez, su sonrisa era sincera. Él trató de evitar que eso le molestara.

—Debe ser estupendo no tener que dar explicaciones a nadie —comentó Holly.

—Lo es.

Holly fue a tomar en los brazos a su bebé.

—Creo que será mejor que me vaya con Nicky a otra parte para no molestarte...

–No, por favor, quédate. Necesito hablar contigo.

Holly dejó a su hijo donde estaba y le dio un gato de goma para que jugara. El niño lo agarró y comenzó a morderle una oreja. Después, soltó el gato y agarró un plátano de goma también.

–Soy toda oídos –dijo ella.

–¿Tienes una copia del certificado de nacimiento de tu hijo?

Holly palideció visiblemente.

–¿Para qué?

Drago no comprendió la reacción de ella, no sabía a qué se debía.

–Para el pasaporte. Tenemos que llevarle a la oficina donde se hacen los pasaportes, debe presentarse en persona porque es un bebé y es su primer pasaporte.

Holly bajó la mirada.

–De acuerdo –dijo ella con voz queda.

–¿Aparece el nombre del padre en el certificado de nacimiento? De ser ese el caso, es necesario que te pongas en contacto con él porque tiene que dar consentimiento para sacar al niño del país. Si no aparece su nombre, entonces no pasa nada.

Holly sacudió la cabeza.

–No, su nombre no aparece en el certificado de nacimiento.

Drago sonrió.

–Bien. En ese caso, no hay problema.

–Sí, supongo.

Holly volvió el rostro hacia su hijo y a él le dio un vuelco el estómago. Holly adoraba a su hijo. ¿Cómo habría sido tener una madre que le hubiera querido? ¿Una madre dedicada a su hijo en vez de a sí misma?

Nunca lo sabría.

–No tienes nada de qué preocuparte, Holly –dijo él–. Todo va a ir bien.

–Sí, claro –respondió ella.

Pero no parecía segura.

Capítulo 8

NO, NADA iba a salir bien, pensó Holly, con el niño en una sillita fijada al asiento, en la limusina de Drago de camino a la oficina donde iban a hacerse los pasaportes.

¿Y si la policía le pedía más información sobre la paternidad de Nicky? ¿Qué iba a hacer? ¿Cómo iba a responder?

–¿Qué te pasa, Holly?

Holly volvió para mirar a Drago. Sonrió, tratando de disimular la angustia que sentía.

–Nada en absoluto.

Drago arqueó las cejas.

–No te creo.

Holly entrelazó los dedos de las manos sobre sus muslos.

–Me da igual lo que creas. Estoy bien.

–¿Te sentirías mejor si te dijera que mis abogados ya han redactado el contrato?

A Holly le dio un vuelco el corazón. El contrato. Ojalá ya lo hubieran firmado, una preocupación menos. No, seguiría preocupada porque había mentido a Drago.

Y, por experiencia, sabía que a él no le gustaba que le mintieran.

–Ah, estupendo.

–No pareces muy contenta. Lo que me parece extraño, dado lo mucho que has insistido en ello.

Holly tragó saliva.

–Estoy encantada –respondió Holly con una sonrisa forzada–. ¿Qué quieres que haga, que me ponga a bailar en el asiento del coche?

–No necesariamente.

Ella alzó los ojos con gesto de exasperación.

–Drago, te digo que estoy encantada.

–Bien, dejémoslo estar –Drago se la quedó mirando unos momentos antes de volver la atención a su tableta informática.

Holly giró el rostro hacia la ventanilla. Tenía que decirle la verdad y pronto. Era lo correcto, por mucho que la asustara. Una vez con el contrato en la mano lo haría.

Eso si Drago no descubría antes que él era el padre de Nicky.

El coche se detuvo delante de un edificio en la calle Hudson y Drago abrió la portezuela. Ya en la acera, Holly, con su hijo en los brazos, miró a Drago, que estaba sacando la bolsa de los pañales del automóvil.

–Cuando acabe te llamaré para que vengas a recogernos –dijo ella.

–Voy a acompañarte –contestó él.

–No es necesario. Puedo arreglármelas sola. Debes tener cosas que hacer.

–Llevo el móvil y la tableta conmigo, Holly. Puedo seguir trabajando sin problemas.

Holly se tragó el nudo que el miedo había formado en su garganta. Tenía la boca amarga.

–No voy a escapar, Drago, si es eso lo que temes.

Una sugerencia prepóstera, teniendo en cuenta que no podía ir a ninguna parte. Pero era lo primero que se le había ocurrido.

–Por el amor de Dios, Holly. Vamos, entremos en el edificio. Tenemos una cita y no podemos llegar tarde.

Tras lanzarle una mirada llena de irritación, Holly lanzó un suspiro de resignación.

–De acuerdo, pero no me eches la culpa si tenemos que esperar seis horas y acabas muerto de aburrimiento.

Por fortuna no pasaron seis horas allí. Pronto se encontraron dentro de un despacho y ella tuvo que entregar los papales que tenía.

La funcionaria, una burócrata típica, lo examinó todo concienzudamente. Después, por fin, dio el visto bueno.

Al cabo de un rato estaban de nuevo en la casa de Drago y Holly tenía los pasaportes en el bolso.

Holly, agotada por la tensión, acostó a Nicky en la cuna y también ella se metió en la cama, el miedo y el sentimiento de culpa la tenían exhausta.

Había superado otro obstáculo, había dado un paso más hacia su objetivo. La suerte estaba de su lado, por el momento.

Tenía que revelarle a Drago la verdad, pero se encontraba atrapada en el enredo que había tejido ella sola.

Se lo contaría después de firmar el contrato, una vez que tuviera garantizado el dinero que necesitaba para poder criar a su hijo sin problemas. Después, aunque Drago renegara de ella una vez más, podría superarlo. Tendría las espaldas cubiertas.

No obstante... no estaba tan segura.

Un par de horas más tarde Holly salió de la habitación, tenía hambre y no podía seguir escondiéndose. Esperaba que Drago hubiera salido a alguna función aquella tarde ya que no estaba segura de poder pasar un rato en su compañía como si no pasara nada. Por supuesto, las cosas no salieron como a ella le hubiera gustado.

Drago la miró al verla entrar en la cocina.

–He venido a comer algo –dijo Holly en tono casual.

–Me han traído comida china del restaurante –dijo él–. La he metido en el horno para que no se quede fría.

Holly lo miró sorprendida.

–¿Comes comida china para llevar?

–Claro, como todo el mundo –respondió él encogiéndose de hombros.

Los multimillonarios no, pensó Holly. Los multimillonarios como él comían en restaurantes de lujo o la comida que sus cocineros preparaban en casa, y Drago tenía cocinero.

–Suponía que eso era demasiado... básico para ti.

Drago se echó a reír y ella sintió un profundo calor en su cuerpo. Le gustaba esa risa más de lo que debía.

Drago estaba sentado en un mostrador en medio de la cocina, encima tenía papeles y el ordenador a un lado. Un hombre de negocios trabajando.

–Holly, soy un hombre como cualquier otro –dijo Drago–. Me gusta la langosta y el champán, el solomillo y las trufas, pero también me gusta la comida china para llevar, los perritos calientes de un puesto callejero y la comida de los puestos de las ferias.

Holly dudaba que fuera un hombre como cualquier otro, pero le enterneció la imagen que su mente conjuró de Drago en la calle comiendo un perrito caliente.

—No sigas. Vas a acabar diciéndome que te gusta la masa frita.

—Sí, claro que me gusta.

—¡No me lo puedo creer!

Drago sonrió traviesamente y se acercó al horno. Llevaba pantalones vaqueros gastados con una camiseta oscura e iba descalzo. Demasiado casero y sensual; sobre todo, ahora que el cielo había oscurecido y las luces de la ciudad brillaban en el horizonte.

Drago abrió el cajón que el horno tenía para mantener la comida caliente y sacó varios cartones con comida.

—Hay bastantes cosas: cerdo *Mu shu*, pollo agridulce, ternera estilo Mongolia, gambas *kung pao*, pescado a la pimienta, *lo míen*, arroz frito...

—¡Dios mío! ¿Estabas pensando en dar una fiesta?

Drago encogió los hombros.

—No sabía qué te gustaba, así que he pedido cosas diferentes.

Drago dejó los cartones encima del mostrador y Holly se acercó para examinar la comida. Olía maravillosamente bien. Drago dejó un plato y unos palillos chinos en el mostrador.

—Gracias —respondió ella con voz vergonzosamente dulce—. Pero me temo que voy a necesitar un tenedor.

Drago sacó de un cajón cucharas y tenedores, sin

comentar sobre su incapacidad para utilizar los palillos. Era una tontería, pero Holly se lo agradeció mucho.

Drago volvió a ocupar la silla del mostrador central y ella comenzó a servirse. Pensó en ir a su habitación a comer, pero después de lo amable que había sido Drago le pareció una grosería.

Holly se volvió, se acercó adonde estaba él y dejó el plato en el mostrador central. Pero en vez de sentarse, se puso a comer de pie las gambas *kung pao*. Estaban exquisitas.

–Tengo aquí tu contrato –dijo Drago con voz suave, y a ella se le hizo un nudo en el estómago–. Le echaremos un vistazo cuando acabes de comer.

A Holly le dieron ganas de dejar la comida, pero se obligó a sí misma a masticar. No había desayunado ni había almorzado y ahora estaba muerta de hambre. Si no cenaba ahora, no creía que pudiera hacerlo luego. Los nervios se habían apoderado de ella. Tenía la seguridad para su hijo y para ella al alcance de la mano.

Dejó el tenedor en el plato.

–Tengo que verlo ya –declaró Holly–. No puedo esperar.

Drago frunció el ceño.

–Solo si prometes seguir comiendo –le dijo Drago al tiempo que agarraba unos papeles que tenía al lado.

–Lo haré.

Drago se puso en pie y se le acercó. Holly quiso apoyarse en él, sentir su calor, descansar la cabeza en el hombro de Drago y confesarle todo. Pero no lo hizo. Con un esfuerzo, se llevó comida a la boca mientras Drago agarraba una de las hojas de los papeles.

–Es un contrato muy sencillo –dijo él–. Si todo va bien en las pruebas fotográficas, aparecerás en los anuncios durante todo el año que viene. Tendrás que asistir a funciones y fiestas para promocionar el perfume, y también a las sesiones fotográficas que resulten necesarias. A cambio, recibirás quinientos mil dólares...

Holly se atragantó. Drago la miró con curiosidad.

–Lo siento –dijo ella unos momentos después, tras beberse un vaso de agua y toser unas cuantas veces más.

–Si en las fotos y las filmaciones de prueba no sales bien –continuó Drago–, si decidimos que no eres la modelo adecuada, recibirás cincuenta mil dólares a modo de compensación y todos los gastos pagados del viaje de vuelta a tu casa.

Cincuenta mil dólares era mucho dinero. Podía hacer muchas cosas con cincuenta mil dólares. Podía buscar un trabajo decente y alquilar un piso mejor. ¿Pero medio millón? Eso era increíble.

Mucho más de lo que había imaginado que le pagaran. Y, sin embargo, era extraño, pero estaba desilusionada. No era el futuro que había esperado. Quería trabajar para una empresa de primera línea como Navarra Cosmetics, pero no quería posar delante de una cámara y regalar su rostro para un perfume. Quería crear perfumes.

Pero no tenía alternativa. Desde la llegada de Nicky al mundo sus deseos quedaban relegados a un segundo lugar.

–¿Y mi perfume? –preguntó Holly.

Drago pasó un par de hojas y señaló una línea con un dedo.

–Aquí está. Se te concederá una cita de media hora. Pero no hay garantías.

–¿Se me concederá la cita aunque las pruebas fotográficas saliesen mal y decidierais no utilizarme para la campaña publicitaria?

–Sí.

–Bien –Holly dejó el plato y se limpió las manos con la servilleta–. ¿Puedo leerlo?

Drago empujó el contrato hacia ella.

–Léelo, pero tiene que estar firmado esta noche. Mañana nos vamos a Italia.

–¿Tan pronto? –preguntó ella nerviosa.

–Sí. No podemos perder más tiempo.

Holly se sentó en un taburete y se puso a leer el contrato de principio al fin. Si las pruebas salían bien, ganaría mucho dinero; si no salían bien, también recibiría dinero. Y se le daba la oportunidad de presentar su perfume a Navarra Cosmetics, que era lo que quería desde el principio.

Cuando terminó de leer, Drago le ofreció un bolígrafo. Se miraron el uno al otro. Drago parecía satisfecho consigo mismo.

Holly agarró el bolígrafo, respiró hondo y estampó su firma en los papeles.

–*Grazie, cara* –dijo Drago.

Drago metió los papeles en un sobre y después hizo una rápida llamada telefónica. Al cabo de unos momentos, un hombre apareció en la puerta de la cocina.

Holly parpadeó mientras Drago entregaba los papeles al hombre.

–¿Ese hombre estaba esperando? –preguntó Holly cuando volvieron a quedarse solos.

–Sí, es un mensajero. Estaba esperando que firmases para llevarle el contrato al abogado.

Drago la miraba fijamente.

–¿Contenta? –preguntó él.

Holly tragó saliva. Tenía la boca seca.

–La verdad es que no estoy segura. No soy modelo.

Una chispa de humor asomó a los ojos de Drago al tiempo que volvía a ocupar su asiento.

–¿Qué es una modelo? Una persona que anuncia un producto. Cierto que no eres una profesional, pero aprenderás.

–No quiero ser modelo –le confesó ella con honestidad–. Quiero hacer perfumes.

Holly se preguntó si eso le había irritado al verle agarrar el bolígrafo y dar golpecitos con él en el mostrador.

–Sí, ya lo sé. Te he prometido que te permitiré mostrarme tus perfumes. Y lo haré.

A Holly el corazón empezó a latirle con fuerza.

–No te arrepentirás –dijo ella–. Sé que no te arrepentirás.

No había sido una presunción por su parte, sabía que sus perfumes eran buenos. Y quería demostrárselo a Drago. Tenía confianza en sí misma, en su talento, aunque a veces se sentía un fracaso total en lo referente al marketing y la venta de sus productos.

Y un fracaso total en todo lo demás.

Las dudas y el miedo la asaltaron y tembló. Drago era el padre de su hijo y no lo sabía. Y ella no sabía cómo decírselo. De no ser por eso, todo sería perfecto.

Los nervios la hicieron querer echarse a reír histéricamente.

–¿Qué te pasa, Holly? –preguntó Drago.

Holly se dio cuenta de que la expresión la había delatado.

–Nada, nada. Estoy nerviosa, eso es todo. Hace apenas unos días trabajaba de camarera, ahora estoy aquí otra vez, en Nueva York. Contigo. No dejo de pensar que todo se va a venir abajo.

Drago alargó un brazo y le tocó la mano. Una corriente eléctrica la atravesó. El contacto era sublime. Era demasiado.

Tuvo que contener un gemido de placer cuando Drago le acarició los dedos con la yema de su pulgar. Se mordió el labio.

–Te preocupas demasiado, *cara mia* –dijo Drago con voz ronca y sensual–. Ahora tenemos un compromiso el uno con el otro que durará un tiempo.

Drago estaba hablando del contrato con Sky. Sin embargo, durante un peligroso momento, ella imaginó un compromiso de otra clase. Un compromiso entre dos personas que querían estar juntas, dos personas que tenían un hijo.

Holly se humedeció los labios con la lengua. Le costaba respirar. Quería salir corriendo de ahí. Quería huir antes de que la situación se complicara aún más, antes de que se descubriera la verdad y todo se viniera abajo.

Su vida había estado al borde del abismo desde la muerte de su abuela. Estaba acostumbrada a eso. No estaba acostumbrada a tener esperanza. Le aterrorizaba. Apartó la mano.

La expresión de Drago se tornó sombría. Parecía frustrado y confuso, y después enfadado.

–No hay razón para que me tengas miedo –declaró Drago levantándose otra vez del asiento–. No soy un monstruo.

Ella ladeó la cabeza y lo miró a los ojos.

–No me pareces un monstruo –declaró Holly con voz suave.

–No sé si creerte.

Siguiendo un impulso, Holly le puso una mano en el brazo. Después, la retiró, insegura. ¿Por qué quería tentar a la suerte? ¿Por qué quería correr el riesgo de inmolarse?

Drago alzó la barbilla.

–No te entiendo, Holly. Eres apasionada y fría al mismo tiempo, decidida y asustadiza. Hay momentos en los que creo que quieres... –Drago sacudió la cabeza–. Pero luego veo que no. No, no te comprendo.

–La otra vez... todo acabó mal –le dijo ella–. Quizá sea eso lo que me asusta.

Drago lanzó un suspiro y cerró los ojos momentáneamente.

–No voy a pedir disculpas por lo que pasó, Holly. Me mentiste.

–Lo sé y lo siento. Pero también te he explicado por qué.

–Sí, así es –Drago se sentó en el taburete contiguo al de ella y se pasó las manos por los muslos–. Pero no me gusta que me mientan, no me gusta que me utilicen.

Holly tenía las palmas de las manos húmedas, pero no se atrevió a secárselas bajo la mirada de él.

–Lo comprendo –contestó ella.

–No lo creo –replicó él.

Drago agarró una copa de licor que tenía encima del mostrador y bebió. Ella le vio tragar y se preguntó por qué eso aumentaba su deseo.

–Soy un Navarra, pero no siempre he vivido como tal –declaró Drago tras un prolongado silencio.

Holly se abrazó a sí misma, la soledad en las palabras de Drago le llegó al alma.

–Mis padres no estaban casados. Mi padre era un mujeriego y mi madre una irresponsable. Creo que debió sufrir bastante cuando mi padre se negó a casarse con ella –Drago se encogió de hombros–. Estuvieron juntos un par de años, yo era un bebé cuando mi padre la dejó. Poco tiempo después mi padre murió en un accidente de coche. Fue entonces cuando mi madre comenzó a utilizarme para sacarle dinero a la familia de mi padre. Pasó años utilizándome para conseguir dinero de mi tío, un dinero que se gastaba a lo loco.

–Los niños necesitan muchas cosas –dijo Holly–. Quizá no tuviera suficiente y...

El fuego en los ojos de Drago la hizo callar. Tragó saliva. Sentía una profunda compasión por él y por la mujer que intentó sacarle adelante sola.

–Tenía más que suficiente, Holly. Pero no le bastaba para todo lo que quería.

–¿Qué era lo que quería?

–Ojalá lo supiera –Drago se pasó una mano por los cabellos–. Mi tío le ofreció quedarse conmigo y criarme, pero ella se negó.

A Holly se le hizo un nudo en el estómago.

–Eso lo comprendo. Yo jamás renunciaría a Nicky.

Drago se inclinó sobre ella. Su expresión mostraba dolor y confusión.

–Mi madre se negó porque sabía que tenía una mina de oro conmigo. Al final, mi tío le ofreció lo suficiente para que decidiera dejarme con él.

A Holly se le encogió el corazón. Comprendía el motivo por el que la madre de Drago debía haber renunciado a él. Debía haber sido terrible para ella darse cuenta de que no podía cuidar de él, que estaría mejor con la familia Di Navarra que con ella.

¿Por qué el tío de Drago no había ofrecido encargarse de los dos y llevárselos a vivir con él? ¿Por qué no les había ofrecido un hogar en vez de dinero a la madre?

–Lo siento, Drago –¿qué otra cosa podía decir?

Drago parecía desolado y ella quiso abrazarlo. Pero no lo hizo, no sabía si no la rechazaría.

¿Y cómo iba a decirle lo de Nicky después de semejante confesión? Drago jamás comprendería el motivo por el que ella lo había mantenido en secreto.

–No me gusta que me utilicen, Holly.

–Lo comprendo. Y lo siento.

Drago volvió a suspirar y sacudió la cabeza, volviendo a la realidad con ese gesto.

–Bueno, será mejor que termines de cenar.

Holly miró el plato de comida. No, no podía dar un bocado más.

–He terminado.

Drago se puso en pie y se metió las manos en los bolsillos del pantalón. Parecía más perdido que nunca.

–¿No ves a tu madre ya? –preguntó ella vacilante.

Los ojos de Drago brillaron al mirarla.

–La última vez que la vi tenía once años, cuando mi tío consiguió convencerla de que le diera mi custodia. Y no volveré a verla nunca porque se suicidó hace seis años.

—Lo siento —dijo ella con profunda tristeza.

Drago se encogió de hombros.

—En fin, es la vida.

—Pero... tu madre...

Drago alargó un brazo y le acarició la mejilla.

—Creo que eres una buena madre, Holly. Pero no todas las mujeres se dedican tanto a sus hijos como tú.

Las palabras de él se le clavaron en el corazón. ¿Qué clase de madre separaba a un hijo de su padre?

—Drago, yo... —pero no pudo decírselo, no pudo.

Drago sonrió, pero era una sonrisa triste.

—Vamos, Holly, vete a la cama. Mañana tenemos mucho que hacer.

Y como una cobarde Holly se marchó a toda prisa.

Capítulo 9

HOLLY no había dormido bien esa noche. No había podido dejar de pensar en Drago y Nicky y de preguntarse cómo iba a contárselo a Drago. También había pensado en cruzar el océano para ir a un lugar completamente desconocido y lejano, un lugar en el que no conocía a nadie.

Por fin, se levantó de la cama, se duchó, se puso los mejores vaqueros que tenía y una camisa de seda y agarró un jersey por si tenía frío en algún momento. Después, se miró al espejo y su sencilla ropa le pareció inadecuada.

Falta de sofisticación. Simple.

Acercó el rostro al espejo y se examinó con detenimiento. Tenía algunas pecas, la nariz demasiado pequeña, las mejillas demasiado gordezuelas y la boca no era precisamente la de una supermodelo. No tenía los labios grandes, sino normales.

Tenía los ojos azules, pero de un azul nada espectacular.

Holly se recogió el pelo en una cola de caballo y fue por Nicky. Su hijo estaba despierto en la cuna y agitaba las piernas juguetonamente. Ella lo tomó en sus brazos y fue con él a la cocina a prepararle el biberón.

Drago levantó la vista al verla entrar. Estaba sentado delante de una mesa enfrente de la ventana, bebía café y leía el periódico.

Al verle, a Holly le dio un vuelco el corazón. Estaba cansada de la reacción de su cuerpo cuando le veía, pero sabía que no podía evitarlo de ninguna manera.

–*Buongiorno, cara* –dijo él.

–Buenos días –respondió Holly.

Nicky movió los brazos y emitió unos sonidos que la hicieron reír. Entonces, al mirar a Drago, vio que él sonreía, aunque parecía cansado. Quizá él tampoco hubiera dormido.

–Tiene mucha energía, ¿verdad?

Holly asintió.

–Sí, sí que la tiene.

Holly fue a calentar la leche del biberón, lo que no era fácil con el niño en los brazos.

–Déjamelo –dijo Drago acercándosele al tiempo que extendía los brazos.

A Holly le dio un vuelco el corazón, pero le dio a su hijo. Luego, se dio la vuelta para preparar el biberón, que metió en el microondas para calentarlo. Después, volvió a darse la vuelta mientras esperaba y vio que Drago miraba con incertidumbre a Nicky.

Se habría echado a reír de no ser porque se le estaba rompiendo el corazón.

–Es muy pequeño –dijo él.

–Pero más grande cada día.

Nicky comenzó a agitar piernas y brazos y Drago le lanzó una mirada de pánico.

–Acúnale un poco.

Drago la obedeció y Nicky se calmó.

Con angustia, Holly pensó que Nicky era el hijo de Drago y que tenía que decírselo. Después de lo que Drago le había contado la noche anterior, comprendía lo solo que debía haberse sentido en la vida. No era justo que no supiera que tenía un hijo.

Pero tenía que elegir el momento adecuado para contárselo. Y ese momento aún no se había presentado.

Holly se acercó al microondas, sacó el biberón y le quitó a Drago el niño de los brazos. Él pareció aliviado. Ella acunó al niño mientras Drago volvía a su periódico y su café. Pero en vez de agarrar el periódico, se la quedó mirando. Ella le sostuvo la mirada y, en los preciosos ojos grises de Drago, vio confusión y deseo.

—Hace que me apetezcan cosas muy raras, Holly —dijo Drago con voz queda.

Un intenso calor se concentró en su vientre.

—Debe ser indigestión —contestó ella fingiendo no darle importancia y se echó a reír.

Pero el corazón comenzó a latirle con fuerza. Lo que quería saber era qué clase de cosas, pero le daba miedo preguntar.

«Cobarde», se dijo a sí misma en silencio.

Sí, se acobardaba con Drago. Porque lo deseaba desesperadamente. Y si le hacía enfadar, si él la echaba otra vez, no sabía si podría soportarlo.

Drago dobló el periódico y, recostado en el respaldo del asiento, bebió su café. Llevaba pantalones vaqueros gastados y una camisa oscura. Estaba irresistible.

—Sí, puede ser —respondió Drago—. Quizá no haya tomado el suficiente café todavía.

Drago se miró el reloj, frunció el ceño y añadió:

–Tenemos que marcharnos al aeropuerto dentro de una hora. ¿Te dará tiempo a prepararte?

–Sí –respondió ella.

–Estupendo –Drago se levantó–. Tengo que hacer algo de papeleo antes. Te avisaré cuando sea la hora de irnos.

Drago se fue de la cocina y ella le dio el biberón a Nicky. Después, se preparó una taza de café y se tomó un bollo.

Al cabo de una hora estaban en el cocho de camino al aeropuerto JFK. Había mucho tráfico. Drago estaba trabajando con el ordenador portátil y ella miraba por la ventanilla mientras Nicky dormía.

Debió haberse quedado dormida porque, de repente, Drago la estaba sacudiendo para despertarla.

–Los pasaportes –le oyó decir–. Necesito vuestros pasaportes.

Holly los sacó del bolso. Drago los agarró y ella, recostando la cabeza en el respaldo del asiento, volvió a cerrar los ojos. Transcurrieron unos minutos y, de repente, una extraña sensación se apoderó de ella, espabilándola.

Pero ya era demasiado tarde. Drago la miraba fijamente y con suma dureza, su expresión mostraba un profundo desprecio y furia.

Había tenido muchas oportunidades y lo había estropeado todo. Drago no era tonto. Debía haber encajado las piezas. Y no la creería si le dijera que no había sido su intención engañarlo.

Drago tenía uno de los pasaportes abierto.

–Dime, Holly, ¿qué edad tiene tu hijo exactamente? Y luego quiero que me hables de ese hombre casado con el que tuviste relaciones.

Drago no podía sentirse peor. Apenas lograba respirar.

Nicholas Adrian Craig había nacido en Nueva Orleans hacía algo más de tres meses. Eso, en un principio, no le había resultado extraño... hasta empezar a pensar en cuándo fue que había conocido a Holly en Nueva York. De eso hacía un año, no se le había olvidado debido a las pruebas fotográficas que habían realizado, todas con fecha.

Y entonces se había puesto a pensar, mientras la miraba medio dormida. Y había mirado al niño: pelo negro y pestañas increíblemente largas...

Había sido como un puñetazo en el estómago que le había dejado sin respiración.

No, no podía ser. De ninguna manera ese niño era suyo. Que tuviera el pelo negro y las pestañas largas no significaba nada. Él había utilizado preservativos. Siempre utilizaba protección.

Pero uno se le había roto al quitárselo y comenzó a pensar si no se le habría roto antes de sacárselo.

Las dudas se habían apoderado de él. ¿Y si el niño era suyo? Pero... ¿Cómo había podido Holly hacerle eso? ¿Cómo?

De todos modos, no lo sabía, se recordó a sí mismo. No lo sabía.

–¿De quién es el niño, Holly? –preguntó Drago con voz gélida y distante.

Holly le había mentido. Le había utilizado y había

aprovechado la oportunidad que se le presentaba para conseguir de él lo que quería. Pensó en el contrato que ella había insistido que firmaran, en el dinero que él se había comprometido a pagarle. Y se le heló la sangre en las venas.

Ella bajó la mirada y emitió un gemido ahogado. Se cubrió la boca con un puño y respiró hondo. Entonces, con una rapidez que le sorprendió, Holly volvió el rostro y lo miró a los ojos. Tenía las mejillas y la nariz enrojecidas y los ojos llenos de lágrimas.

–Intenté decírtelo –contestó ella con voz quebrada, sincerándose.

Un profundo dolor le invadió, alcanzando lo más recóndito de su ser.

–¿Qué significa eso? Explícate –le espetó él, aún con la esperanza de que Holly le dijera que el hijo no era suyo y que no llevaba tres meses ocultándoselo, además de los nueve de embarazo.

Pero sabía que Holly no iba a decirle eso. El niño era un Di Navarra, y él había hecho lo mismo que hiciera su padre en el pasado: había tenido un hijo y lo había dejado en manos de una madre a la que no le importaba vivir en la pobreza y dejar a su hijo en manos de extraños.

–Significa que... te escribí una carta –respondió Holly con un hilo de voz–. También te llamé por teléfono. Pero tú te negaste en redondo a ponerte en contacto conmigo.

Drago aún no lograba asimilar la confesión de Holly.

–No debiste insistir mucho –gruñó él–. Y yo jamás recibí una carta tuya.

Le resultaba imposible creer que ella hubiera pasado todos esos meses de embarazo y él no lo hubiese sabido. No se había negado específicamente a hablar con ella, pero tenía la costumbre de no aceptar llamadas telefónicas de gente, sobre todo de mujeres, que no se encontraran en su lista de personas que tenían que ver con su negocio. En cuanto a la carta, ¿cómo podía saber si le había enviado una carta o no?

–Pues yo la escribí y te la envié. No es culpa mía que no la recibieras.

Pero Drago no atendía a razones, la cólera se lo impedía.

–Qué fácil es eso para ti –dijo él en tono acusatorio–. Dices que me mandaste una carta, pero... ¿puedes demostrarlo? Podría ser mentira. Y podrías haber insistido si realmente hubieras querido contactar conmigo.

–¿Por qué iba a mentir? ¡Estaba sola! ¡Necesitaba ayuda! ¿Qué otra cosa te parece que podría haber hecho? –le espetó ella con lágrimas en los ojos–. ¿Volar a Nueva York, pagando el billete de avión con un dinero que no tenía, y postrarme a tus pies? Traté de ponerme en contacto contigo, pero me era tan difícil como conseguir audiencia con el presidente de Estados Unidos. ¡No se me permitió hablar contigo!

El bebé empezó a llorar. Drago miró al niño y se sintió tan confuso como cuando era pequeño, como cuando su madre se presentaba delante de él y le decía que se iban a ir a vivir a otro lugar una vez más.

No le gustaba sentirse así. De haber estado en su casa, se habría ido a correr al parque o habría hecho cualquier cosa que le permitiera distanciarse de aquella mujer en la que no se podía confiar. Pero estaba en el coche y le dolía la cabeza.

Holly, ignorándole, trató de calmar a su hijo murmurándole con voz estridente. Una lágrima resbaló por su mejilla. Y otra. Y otra. Su voz se tornó casi histérica.

–Holly.

Ella lo miró con suma aflicción. Le sobrevino algo parecido a ternura, pero lo desechó. ¿Cómo podía sentir ternura por una mujer que le había mentido, que le había utilizado?

La odiaba. Y no le permitiría que le separase de su hijo.

–Tranquilízate –le ordenó él–. Estás asustando al niño.

–Lo sé –le espetó ella.

Holly se inclinó sobre su hijo, le desató las correas del asiento y lo tomó en sus brazos para acunarlo y calmarlo. Por fin, Nicky aceptó el chupete y se calmó.

–Has pasado cerca de una semana en mi casa y no me habías dicho nada –declaró él con voz gélida–. Tuviste muchas oportunidades de hacerlo, pero nada. Igual que hace un año.

Ella se negó a mirarlo. La rabia que él sentía le asustó a sí mismo.

Tenía un hijo y lo sabía porque el mismo había hecho las cuentas. De no haberlo hecho, ¿habría acabado diciéndoselo Holly? ¿O se habría marchado con el dinero y con su hijo al acabar el trabajo para el que se la había contratado?

Drago sacudió la cabeza.

–¿No vas a decir nada? ¿Te vas a quedar ahí, después de lo que has hecho, sin darme una explicación?

Holly alzó el rostro. Tenía los ojos enrojecidos.

–No sabía cómo decírtelo. Tenía miedo de que volvieras a echarme de tu casa.

Drago no podía creerlo. Holly era una manipuladora. Primero, lo del perfume. Ahora, lo del niño.

La despreciaba.

–Y puede que aún lo haga –contestó él sin compasión.

–¿Le harías eso a tu hijo? –preguntó ella con voz temblorosa y los ojos muy abiertos.

–A él no, Holly, a ti –contestó Drago con todo el odio del que era capaz.

–Jamás me separarás de mi hijo. Nunca –dijo Holly con coraje.

Aunque temblaba de miedo, no iba a permitir que Drago lo notara.

–Se te olvida quién puede más de los dos, *cara* –respondió Drago con voz tensa.

–Y a ti se te olvida que, oficialmente, yo soy la madre de Nicky y que en los papeles no figura su padre –le espetó ella.

Drago tensó la mandíbula.

–Hay formas de poner remedio a eso.

Y a Holly se le encogió el corazón.

–No. No. No puedes hacer nada –dijo ella con voz ahogada, con desesperación.

Lucharía con uñas y dientes, lucharía a muerte. Drago jamás le quitaría a Nicky. Jamás.

Ese no era el hombre con el que había pasado los últimos días. El hombre que tenía delante era sombrío, cruel.

–Todo el mundo tiene un precio, Holly. Y tú también.

Holly estrechó a su hijo en los brazos, pegándoselo al pecho.

–Te equivocas, Drago. Siento mucho que tuvieras una infancia desgraciada y siento que tu madre te cediera a cambio de dinero. Pero yo quiero a mi hijo y nunca renunciaré a él. Ni por todo el oro del mundo lo haría.

Los ojos de Drago brillaron y ella se estremeció.

–Eso ya lo veremos, *cara*.

Drago no volvió a dirigirle la palabra durante el resto del trayecto en el coche. Después de entrar en el aeropuerto, se dirigieron a la pista donde estaba el avión privado.

Para entonces, ella estaba hecha un manojo de nervios.

Cuando llegaron al avión, Drago le ordenó dejar a Nicky en manos de Sylvia, que esperaba sonriente a los pies de la escalerilla.

Holly abrazó a su hijo y se negó a entregárselo a la niñera, a pesar de que Sylvia lo saludó afectuosamente.

–Podrías tropezarte y caerte al subir la escalerilla –dijo Drago con aspereza. Y ella se vio presa de un ataque de pánico.

–No voy a caerme –respondió Holly.

Entonces comenzó a subir los escalones sujetando con un brazo a su hijo mientras se agarraba a la barandilla con la otra mano hasta subir al avión.

Drago la había seguido de cerca. Tan próximo estaba que pudo oler su aroma, mezclado con el olor del avión. Podía incluso oler su ira, fría y despiadada. Sin embargo, a sus espaldas, el cuerpo de Drago irradiaba calor.

El aeroplano era más grande que en el que había viajado para ir a Nueva York. E increíblemente lujoso. Todo cuero, maderas oscuras y cromo. En un extremo había un bar, un sofá, un televisor y varios sillones.

–Hay dos dormitorios y varios baños –le informó Drago.

Uno de los baños resultó ser más grande que su habitación de Nueva Orleans. Sabía que Drago era rico, pero hasta ese momento no se había dado cuenta de lo que suponía tener tanto dinero. Y temía que todo ese dinero se volviera contra ella. Sí, había firmado un contrato por medio millón de dólares, pero ahora comprendía que eso no era más que una gota de agua en el océano de riqueza que Drago di Navarra poseía.

Y eso le preocupaba. ¿Y si intentaba arrebatarle a Nicky?

El estómago le dio un vuelco en el momento en que la puerta del avión se cerró. Se vio presa del pánico. Quería salir del avión. Quería escapar con su hijo, que por fin había dejado en brazos de Sylvia. Quería huir de allí y alejarse de Drago. No quería cruzar el océano y acabar en un lugar en el que no conocía a nadie.

Holly tragó saliva. Se volvió para ir en pos de Sylvia, para agarrar a su hijo y, al menos, estar con él durante el viaje ya que la huida era imposible.

Pero Drago estaba ahí, alto e inamovible, distante y desdeñoso. Y una profunda tristeza se apoderó de ella al tiempo que recordaba la noche anterior, cuando había cenado comida china, cuando se había sentido tan próxima a él.

–Siéntate y abróchate el cinturón –dijo Drago–. Vamos a despegar dentro de unos minutos.

–Quiero estar con Nicky.

–Sylvia se está encargando de él. Para eso es para lo que se le paga.

Holly alzó la barbilla. No podía dejarle ver que la intimidaba.

–A mí no me gusta pagar a una persona para que críe a mi hijo. Nicky me necesita a mí.

Drago empequeñeció los ojos.

–De ahora en adelante tendrá lo mejor, Holly. Sylvia es la mejor.

–Y yo soy su madre –declaró ella con suma angustia. Le había dado a Nicky todo lo que tenía–. Un niño necesita cosas que no se pueden comprar con dinero. Un niño necesita cariño y dedicación, y eso se lo doy yo.

–Ah, sí, claro. El cariño y la dedicación que le dabas cuando lo dejabas con la vecina y te ibas a trabajar a un casino. Estoy seguro de que le sobraba cariño y atención.

Las palabras de Drago se le clavaron como puñales.

–He hecho todo lo que he podido –contestó ella–. Y sin tu ayuda. Porque no pude ponerme en contacto contigo. Dejaste muy claro que no querías volver a saber nada de mí.

Drago se levantó de su asiento a la velocidad del rayo.

–Para venderme tus perfumes –contestó él estruendosamente–. ¡No quería saber nada de ti en lo referente a tus malditos perfumes!

–¿Y cómo iba a decirte de qué se trataba cuando tú le habías dado a tu secretaria órdenes de que no te pasara mis llamadas? –gritó ella.

Drago apretó los dientes con las facciones endurecidas por la ira.

De soslayo, ella vio a una azafata tratando de evitarles. Fue entonces cuando se dio cuenta de que estaban dando un espectáculo. Entonces se dio media vuelta, se acopló en un sillón y se ató el cinturón de seguridad. Tenía las mejillas encendidas y los nervios a flor de piel. Las manos le temblaban.

Drago se sentó en el sillón contiguo y también se abrochó el cinturón.

–De haber querido decírmelo habrías encontrado la forma de hacerlo. En vez de eso, me hiciste creer que el niño era de otro. De un hombre casado. Me mentiste, Holly. Y habrías seguido mintiéndome si no hubiera atado cabos.

–Yo no dije exactamente que fuera un hombre casado. Tú supusiste...

–¡Y tú no me aclaraste nada! –exclamó él, interrumpiéndola–. Lo que pasa es que te preocupaba que descubriera tus mentiras.

–¡Sí, estaba preocupada, Drago! Estaba preocupada porque me ofreciste una salida a la situación en la que estaba. Y tenía que pensar en mi hijo. Y no voy a permitir que le hagas daño.

Drago empequeñeció los ojos.

–Vas a arrepentirte de lo que has hecho, Holly Craig. Vas a arrepentirte, te lo prometo.

Capítulo 10

ATERRIZARON en Italia por la noche, tarde. Estaba oscuro y Holly no podía ver nada. No tenía idea de dónde estaban, aunque creía recordar haber leído que la familia Di Navarra era de Toscana. No pudo preguntarle a Drago porque él se había metido en otro coche. Ella iba con Sylvia y Nicky, lo que le resultó un alivio después de la tensión durante el vuelo.

Al poco de despegar, Drago había desaparecido en la parte posterior del avión y no había vuelto a verle hasta el aterrizaje. Según una azafata, Drago tenía un despacho en el avión y ahí había estado durante todo el trayecto.

Los coches se abrieron paso en la oscuridad de la noche hasta llegar a una finca enorme que parecía asentada en lo alto de una colina. Había pinos altos y finos y también vio buganvillas.

Holly no supo si la habían llevado al mismo lugar que a Drago hasta que no salió del coche y le vio haciendo gestos con la mano a un hombre que al poco se volvió y dio órdenes a otros hombres y a unas mujeres a sus espaldas.

Las maletas pasaron por muchas manos y luego desaparecieron tras las puertas de hoja doble de madera de la casa.

Drago entró sin dignarse a mirarla y a ella se le encogió el corazón. Se dijo a sí misma que no le importaba, que le daba igual que no la mirase como lo había hecho aquella misma mañana mientras le decía que le hacía desear cosas en las que nunca antes había pensado. Había sido un espejismo, nada más. Cuanto antes se olvidara de ello mejor.

La llevaron a una habitación en una esquina de la casa llena de antigüedades, alfombras persas, espejos de cornucopia, sofás y sillones. También había un televisor dentro de un mueble y una enorme cama con dosel.

—Voy a necesitar una cuna —le dijo a la mujer que le estaba explicando cómo encender el televisor.

La mujer parpadeó.

—No es necesario, señorita Craig —le informó la mujer en un inglés perfecto—. El niño estará en una habitación especialmente preparada para él.

De repente, Holly se dio cuenta de que Sylvia, que había llevado en los brazos a Nicky, no estaba allí. Tan perdida en sus pensamientos había estado que no había notado que ya no estaban con ella. Y la sangre se le heló en las venas.

—¿La habitación para él? ¿Y dónde está?

La mujer, bonita y con el pelo negro recogido en un moño, le sonrió.

—No está lejos —respondió.

—¿Que no está lejos? —preguntó Holly presa del pánico—. Lo siento, pero esa explicación no me resulta suficiente.

La mujer inclinó la cabeza.

–Son órdenes del señor Di Navarra, señorita Craig. No puedo hacer nada.

Sin molestarse en discutir, Holly giró sobre sus talones y salió de la habitación. La mujer, asustada, salió tras ella, llamándola. Holly aceleró el paso y recorrió a ciegas pasillos, entró en habitaciones vacías, volvió sobre sus pasos.

No se había dado cuenta de que estaba llorando hasta el momento en el que se detuvo en un pasillo en el que ya había estado y oyó un quedo gemido. Tardó un minuto en ver que el sonido había escapado de su propia garganta.

Cerró los párpados con fuerza y apretó los dientes. No iba a perder los nervios. No iba a ponerse histérica. Iba a encontrar a Nicky... o a Drago.

Holly se detuvo delante de una escalinata, bajó los peldaños y se encontró en el enorme vestíbulo circular. Se quedó muy quieta hasta que oyó unos sonidos, pisadas...

Entró en una estancia repleta de estanterías con libros. La biblioteca. Había una lámpara encima de un escritorio y un hombre detrás, de espaldas, hablando por teléfono.

Drago.

Una incontenible cólera le corrió por las venas. Dio un paso adelante y Drago se volvió al oírla. Sus ojos azules la miraron con ira. Terminó de hablar por teléfono y colgó.

–¿Qué quieres, Holly?

Ella dio otro paso hacia delante.

–¡Cómo te atreves! –le espetó Holly–. ¡Cómo te atreves!

Drago adoptó expresión de aburrimiento.

–¿Cómo me atrevo a qué, *cara mia*? Dime a qué te refieres. Explícate o sal de aquí.

–Nicky. Has hecho que le lleven a una habitación, lejos de mí –respondió ella casi sin poder contener la furia que sentía.

–Es un niño. Los niños tienen habitaciones para ellos.

–Es mi hijo y lo quiero conmigo.

–También es hijo mío y lo quiero en su habitación. Ahí estará a salvo.

–¿Insinúas que no está a salvo conmigo? –preguntó ella con violencia.

–¿Y si así es?

Holly no podía contestar a eso, no sin recurrir a la violencia.

–¿Por qué tienes una habitación para niños? Ni siquiera estás casado y no tienes hijos...

Drago le lanzó una mirada asesina.

–Ahora sí tengo un hijo, ¿no crees?

Holly tragó saliva.

–Sabes perfectamente lo que he querido decir.

–Sí, lo sé de sobra.

Holly sabía que Drago estaba tratando de demostrar que podía dominarla, que era él quien tenía el poder en la mano. Quería asustarla.

–Todavía no me has dicho cómo es que tienes una habitación especialmente preparada para bebés.

Drago se levantó del asiento, rodeó el escritorio y se apoyó en él. Cruzó los brazos.

–Esta es la casa de mi familia desde hace cientos de años. Siempre ha habido una habitación para bebés.

Llevaba mucho tiempo sin ser usada, pero una llamada fue suficiente para que la pusieran al día. ¿Acaso creías que mi hijo no iba a tener una habitación aquí? ¿Crees que no me iba a importar su comodidad y que no me iba a preocupar de que estuviera bien cuidado?

Había amenaza en la voz de él. Y deseo. Por extraño que resultara, al mirarlo fijamente, al clavar los ojos en las angulosas facciones de Drago, el pulso se le aceleró.

Necesitaba centrarse, pero no fijarse en el hombre que tenía delante.

—Quiero que mi hijo esté a mi lado. Nicky no está acostumbrado a estar solo.

—No está solo, Holly. Tiene niñera.

—No necesita una niñera, sino a su madre –le espetó ella.

Drago se enderezó. Ella quiso dar un paso atrás, pero se mantuvo en su sitio.

—Necesita algo más que una madre que se las ve y se las desea para sobrevivir. Necesita algo más que una madre que le deja con una vecina mientras ella trabaja doce o dieciséis horas al día.

Un profundo dolor se le agarró al pecho. Respiró hondo y logró contener las lágrimas. Había sido de esperar que él atacara donde más le dolía.

—Le he dado todo lo que he podido, Drago. Siempre lo haré.

—Pero yo puedo darle más. Y mejor. ¿Vas a negarle todo lo que yo puedo ofrecerle?

—Yo no he dicho eso, pero no vas a separarnos. Nunca.

Drago empequeñeció los ojos.

–Eres muy convincente, Holly. Pero... ¿no será que quieres aferrarte a este niño porque lo ves como un medio para sacar mucho dinero?

Holly prefirió no responder a eso. La distancia que les había separado desapareció en un instante. Cuando quiso darse cuenta, Drago le agarraba una muñeca, la mano a escasos centímetros del rostro de él.

Drago tiró de ella hacia sí, cuerpo con cuerpo. Era la primera vez desde hacía un año que estaban el uno pegado al otro. Puso las manos en el pecho de él, un pecho que invadía sus sueños desde hacía meses.

Holly trató de pensar en el desprecio que sentía por él, no en lo que la proximidad de Drago la hacía sentir.

–Eres un desalmado y un sinvergüenza –le espetó ella–. Quiero a mi hijo más que a mi propia vida. Lo haría todo por él. Todo.

–Demuéstralo.

Holly parpadeó.

–¿Qué quieres decir?

–Márchate, Holly. Déjalo conmigo. Me aseguraré de que siempre tenga lo mejor.

Holly se estremeció. Entonces, de nuevo, la ira se apoderó de ella.

–Jamás –respondió Holly–. No lo haré por nada del mundo.

Los ojos de Drago brillaron.

–¿Estás segura? –preguntó Drago enarcando una ceja.

–Completamente.

Drago la empujó para apartarla de sí y rodeó el escritorio. Se sentó y abrió un cajón, ignorándola momentáneamente. Por fin, alzó el rostro y la miró con expresión fría.

—Mañana por la noche hay una fiesta a la que asistirá gente de este negocio. Tienes que asistir a la fiesta.

Holly se cruzó de brazos.

—¿Una fiesta?

Él la miró con dureza.

—Sí. Has firmado un contrato. Eres el nuevo rostro de Sky. Estarás conmigo en la fiesta.

A Holly le dolía la garganta. No podía negarse y ambos lo sabían.

—¿Dónde está mi hijo?

Drago adoptó una expresión de absoluto aburrimiento.

—Está en una habitación al otro extremo del pasillo en el que está tu habitación. A la derecha. Supongo que tú fuiste hacia la izquierda al buscarlo.

Holly se sintió como una tonta.

—Sí.

—Bien, ya no tenemos nada más que hablar. Buenas noches.

Holly estaba nerviosa, dentro de la casa y al lado de la puerta abierta que daba a la terraza. Desde ahí, oía la música y la risa de la gente. El corazón parecía querer salírsele del pecho. Drago había esperado hasta aquella mañana para decirle que la fiesta iba a tener lugar ahí, en su casa, zafando su plan de alegar una jaqueca para no ir a la fiesta.

Por la mañana, después de enterarse de que la fiesta iba a ser en esa casa, habían aparecido tres empleadas de él con unos vestidos de noche, zapatos y joyas. Dos horas más tarde ya tenía un vestido de fiesta y todos los accesorios, incluida ropa interior de encaje.

Y ahí estaba ahora, escondiéndose, con un vestido blanco que le dejaba los hombros al descubierto, sin tirantes, y sintiéndose como pez fuera del agua.

La mezcla de aromas era un bombardeo que amenazaba con producirle dolor de cabeza. Después de vestirse, había olido el frasco de perfume Sky que Drago le había enviado e inmediatamente se había dado cuenta de que no podía utilizar ese perfume.

No tenía nada de malo, pero no era el suyo. Se había puesto Colette y había bajado las escaleras. Había pensado que Drago la estaría esperando, pero no había visto a nadie. La fiesta era fuera y, en esos momentos, el sol se acababa de esconder tras el horizonte y el firmamento aún despedía destellos dorados por encima de las onduladas colinas oscurecidas.

Holly se sentía como una intrusa. No pertenecía a ese mundo. Quería volver arriba y sentarse en el sofá de la habitación con Nicky.

Entonces, con decisión, alzó el rostro. Estaba ahí por Nicky, por el futuro de su hijo.

—A mí tampoco me gusta el gentío —dijo una voz a sus espaldas, y ella se volvió.

Era un hombre alto y guapo, aunque no tan guapo como Drago, y le sonreía. Le tendió una mano mientras se la acercaba.

—Me parece que no nos conocemos. Soy Santo Lazzari.

Holly, nerviosa, le estrechó la mano. Santo Lazzari, de la Casa de Lazzari, un hombre también importante.

La Casa de Lazzari no era una compañía de cosmética, aunque vendían perfumes junto con ropa y bolsos.

–Holly Craig. Pero cómo sabía que...

–¿Que no eres italiana? –Santo se echó a reír–. Querida, Drago no ha hecho más que hablar de ti desde que hemos llegado.

Santo empequeñeció los ojos y la miró fijamente.

–Eres el nuevo rostro de Sky.

Holly bajó la mirada y se sonrojó. Iba a tener que acostumbrase aunque se sintiera una impostora. Aunque le pareciera que Santo Lazzari se estaba burlando de ella, que la encontraba decepcionante.

–Ya le dije a Drago que no soy modelo, pero él ha insistido en que soy lo que quiere... para la campaña publicitaria, claro está.

Santo volvió a reír.

–Sí, Drago es así –Santo se acercó a ella y olfateó–. ¿Es este el perfume? Me pareció distinto la primera vez que lo olí.

–Bueno... no –balbuceó ella–. Es un perfume, pero no es Sky.

Los ojos de Santo mostraron interés.

–¿Uno nuevo? Drago no me había dicho nada.

Un fino sudor le cubrió la frente. ¿Podía hablarle a ese hombre de su perfume? ¿Debía mostrarse evasiva? Pero... ¿cómo podía desaprovechar una oportunidad así, sobre todo ahora que Drago le había amenazado con quitarle a su hijo? Hablarle a Santo Lazzari de Colette podría ser un seguro de vida. Estaba claro que Drago no iba a comprar su perfume ahora.

–Es creación mía.

Santo arqueó las cejas.

–¿En serio? –la miró con interés–. Bien, Holly Craig, cuéntame más sobre este perfume mientras nos reunimos con los demás.

Holly titubeó momentáneamente. ¿Qué pensaría Drago si hacía su aparición en la fiesta del brazo de otro hombre? Entonces, la realidad la golpeó.

A Drago no podría importarle menos. La despreciaba. Pensaría que iba a la caza de otra víctima adinerada.

Se dijo a sí misma que no le importaba lo que Drago pudiera pensar. Él solo quería castigarla.

Holly sonrió y se agarró al brazo de Santo.

Drago estaba hablando de Sky con algunos de sus mejores clientes cuando notó un cierto alboroto a su alrededor. Los ojos de los hombres, con la vista clavada a sus espaldas, brillaban. Se volvió para ver qué nueva aparición había provocado semejante reacción y...

Se quedó atónito al destello blanco que caminaba del brazo de Santo Lazzari. Durante unos instantes se preguntó quién era aquella mujer, pero lo sabía. La tenía metida en los huesos. La tenía clavada en el alma.

Holly Craig no se parecía a la Holly Craig que conocía, a la Holly Craig que prefería, pensó con sorpresa. No, aquella Holly era seductora y encantadora, con el cabello recogido en un moño que dejaba al descubierto su elegante cuello.

Se movía como seda líquida. Y agarraba del brazo a Santo Lazzari de una forma que lo encolerizó. Tenía la mano apoyada en el brazo de Santo y el rostro vuelto hacia él como si fuera el hombre más maravilloso que hubiera visto en su vida.

Le dieron ganas de separarla de Santo de un tirón y declarar delante de toda aquella gente que Holly era suya y que pobre del que se atreviera a tocarla.

Pero se contuvo y, sonriente, se acercó a la pareja.

En el momento en que le vio, la expresión de Holly ensombreció. Santo dejó de mirarla y clavó los ojos en él.

–*Grazzie, bella mia* –dijo Santo antes de tomar la mano de Holly y besarla–. Ha sido un placer hablar contigo.

–Lo mismo digo –respondió ella con voz dulce y suave, una voz que nunca empleaba con él.

Drago agarró la mano de Holly con firmeza.

–*Amore*, estaba esperándote –dijo Drago.

Ella esbozó una sonrisa falsa.

–Pues aquí estoy.

–Sí, ya lo veo.

A Drago le dieron ganas de meterla en la casa y encerrarla en su habitación, pero lo que hizo fue darse la vuelta y mirar a los invitados. Le presentó a mucha gente. Se aseguró de que tomara vino y comiese mientras la tenía anclada a su lado, mientras el deseo amenazaba con enloquecerle.

Cuando se le presentó la oportunidad sin atraer la atención de nadie, la hizo entrar en la casa por otra puerta y la llevó a su despacho. Cerró la puerta y se volvió de cara a ella. Holly, con ese vestido, parecía una llama blanca. Se acercó y se plantó delante de ella.

Olfateó y se puso muy tenso al darse cuenta de lo que le había estado rondándole por la cabeza durante la última hora.

–No has utilizado Sky.

–No.

–¿Por qué no?

–Porque estoy obedeciéndote en todo lo demás.

–Todo lo demás no es lo mismo que todo en absoluto –le espetó él.

Holly se encogió de hombros.

–La próxima vez.

La sangre le hirvió en las venas.

–¿Cómo sabes que va a haber una próxima vez?

–No lo sé –respondió ella tras una pausa.

–¿De qué estabas hablando con Santo?

Holly pareció preocupada.

–De muchas cosas. De ti, de la campaña publicitaria, del tiempo.

–¿Eso es todo?

Holly alzó la barbilla.

–¿Qué más te da, Drago? Para ti solo soy el rostro de tu campaña publicitaria, ¿qué puede importarte de lo que hable con otro hombre?

–Eres la madre de mi hijo.

–Ah, vaya, así que ahora eso es importante, ¿eh? Creía que yo solo representaba para ti un obstáculo, un problema a resolver.

Le hirió la verdad de las palabras de Holly.

–Y lo resolveré, *cara mia*, no te quepa la menor duda. Nicky es mi hijo, mi heredero, y no voy a permitir que lo separes de mí ni que lo utilices para controlarme. ¿Queda claro?

–Eres despreciable, ¿lo sabías? –le espetó ella–. Siento mucho todo lo que hayas podido sufrir en la vida, pero yo no soy como tu madre y no abandonaré a mi hijo. No puedes comprarme y no puedes echarme. Lucharé con uñas y dientes, Drago. Lucharé a muerte. Y si no me quedara más remedio, si no me dejaras otra opción, recurriría a Internet y me pondría en contacto con los medios de comunicación.

La ira se apoderó de él... pero también algo más. Excitación.

Quería acariciarla, quería poseerla, quería hacerla estremecer y gemir de placer con un orgasmo tras otro.

Desechó esos pensamientos.

–Inténtalo y verás –dijo él–. Tengo suficiente dinero para solucionar el problema.

Podía contratar a un equipo de abogados para contraatacar las calumnias que ella pudiera lanzar.

–Sí, lo tienes –contestó Holly–. Eso es lo que haces, Drago, comprar a la gente. Amenazas, gritas y das órdenes, y la gente se somete a ti. Pues yo no, Drago. Tengo un contrato y si no lo cumples te llevaré a juicio.

De no estar tan enfadado se habría echado a reír. Holly no tenía idea de lo impotente que era para luchar contra él.

De repente, se sintió agotado. Estaba cansado de batallar con ella, consigo mismo, cuando lo que realmente quería era tener el cuerpo encima del de ella. No había razón alguna para seguir conteniendo su deseo.

La agarró y ella jadeó. La estrechó contra sí, pegando el cuerpo de Holly al suyo, y le acarició la espalda desnuda. La piel de Holly era cálida y los dedos le picaron.

–Tus amenazas son como los bufidos de un gatito –murmuró él con los ojos fijos en los labios de ella, unos labios que la sorpresa había abierto.

El ardor de Holly lo quemó. Su miembro quería salirse de los confines del pantalón y ella, a juzgar por su mirada, lo notó. Holly no hizo nada por apartarse y él se sintió triunfal.

No, no se había equivocado, Holly lo deseaba. Desesperadamente.

–No soy un gatito, Drago. He hablado en serio.

–Sí, lo sé.

Entonces, Holly se frotó contra él suavemente, un movimiento quizá involuntario, y él supo que estaba perdida.

–Te odio –susurró Holly mientras él se frotaba contra su cuerpo.

–Sí, sé que me odias, Holly. Se nota.

–Esto no puede ser, Drago. No debería sentir lo que siento después de todo lo que me has dicho...

Él tampoco. Pero bajó la cabeza y le acarició la garganta con los labios.

–No pienses en nada, Holly. Siente.

Capítulo 11

HOLLY sabía que tenía que parar. Debía apartarse de ese hombre y hacerle saber, de una vez por todas, que no era posesión suya.

Pero no podía. Porque era suya. Quería que la poseyera; al menos, en ese aspecto. Quería sentir su calor, su dureza, su fuerza. Quería perderse en él, en lo que la hacía sentir.

La dejaba confusa, la excitaba. La asustaba y la desafiaba. Lo odiaba y lo deseaba. Y las caricias de él la estaban volviendo loca.

Pero ahora era mucho más que sus manos lo que la tocaban. La boca de Drago se paseaba por su mandíbula, le penetró la oreja. Le mordisqueó el lóbulo y una sensación erótica le recorrió el cuerpo. Estaba dispuesta a permitirle hacer lo que quisiera con ella. Tenía el sexo ardiendo y húmedo. Necesitaba sexo.

Le rodeó el cuello con los brazos y él la recompensó lamiéndole detrás de la oreja.

Drago gruñó algo en italiano y la agarró por la cintura. Le bajó la cremallera del vestido, en la espalda. Le desabrochó el sujetador, liberándole los pechos.

Instintivamente, Holly se los cubrió.

—Ahí fuera hay gente —dijo ella asustada—. Van a notar nuestra ausencia.

–Sí, la notarán. Pero no van a entrar a buscarnos, *bella mia*. Están disfrutando la comida y la bebida. Están oyendo música. No van a venir a buscarnos.

Ahí, en el despacho de Drago, desnuda de cintura para arriba y acompañada de la música y las voces que se filtraban de la terraza, Holly se sintió perversa mientras Drago le apartaba las manos de los senos.

Entonces, Drago se apoderó de sus pechos.

–Encantadora –dijo él–. Tentadora.

Drago bajó la cabeza y tomó uno de los pezones con la boca. Ella temió derretirse. Le agarró la cabeza y la dulce tortura la hizo gritar. Hacía un año que no la tocaban así.

–Drago... no sé...

–Yo sí –dijo él.

Entonces le juntó los pechos, los besó, los lamió y los chupó, y ella arqueó la espalda para forzarlos en la boca de Drago. Sintió el ardor de la entrepierna a través de los pezones.

Drago la volvía completamente loca. Sabía que no debía hacer lo que estaba haciendo, que no debía sucumbir al poder sexual de él, pero no quería detenerse. Había pasado demasiado tiempo, había estado muy sola.

Si Drago la deseaba sexualmente cabía la posibilidad de que no todo estuviera perdido entre los dos. Quizá pudieran superar sus diferencias y ser buenos padres para Nicky.

–Quiero tocarte –gimió ella sumergida en el placer.

–En ese caso, tócame.

Holly le quitó la chaqueta y le sacó la camisa de

debajo de los pantalones. Deslizó las manos por debajo del tejido y, por fin, sintió su ardiente piel.

Le pellizcó los pezones mientras Drago chupaba los suyos. Drago lanzó un gruñido antes de apartarla de sí para abrirse de un tirón la camisa.

El pecho de Drago era perfecto, hermoso, musculoso pero no en exceso. Poseía un físico maravilloso.

–¿Me deseas, Holly?

Ella asintió.

Drago abrió los brazos y Holly se refugió en ellos. Gimió de placer. Drago continuó acariciándole los pezones, ella le acarició el pecho.

Holly alzó la mirada, clavando los ojos en los de Drago, y el deseo que vio en ellos la dejó perpleja. Quería que Drago la besara. Era extraño, pero aunque él le había poseído los pezones con la boca, no la había besado todavía. Se puso de puntillas para alcanzar los labios de él, pero Drago bajó el rostro para besarle la garganta otra vez.

Drago le bajó el vestido hasta dejarlo caer al suelo.

–Se va a arrugar –dijo Holly.

–No me importa.

Holly le bajó la cremallera de los pantalones y, con el corazón en un puño, le rodeó el miembro.

El gemido de Drago la hizo desear hacer cosas que no había hecho nunca. Se puso de rodillas y le lamió.

Drago gruñó y gimió como si estuviera sufriendo. Pero ella sabía que no era dolor lo que sentía.

Pero no la dejó seguir acariciándole con la lengua como ella quería. Drago la hizo ponerse en pie y enterró las manos en sus cabellos. Y sí, por fin la besó en la boca.

Fue entonces cuando Holly se dio cuenta de que su vida había cambiado irreversiblemente. Se le había olvidado lo embriagadores que eran los besos de él. Lo necesarios.

Agarrándola por la cintura, Drago la sentó en el escritorio. Ella aún llevaba el tanga de encaje, pero apenas le ofreció protección.

Aunque no quería protección.

Drago se lo bajó. Entonces, le separó las piernas y se colocó entre ellas.

Instintivamente, Holly le rodeó la cintura con las piernas. Drago, apartando los objetos que había en el escritorio de un manotazo, la tumbó sobre el tablero y se echó encima de ella.

El duro miembro de Drago le acarició el sexo mojado, produciéndole un imposible placer.

Pero no era suficiente. Holly quería más, lo quería dentro. Hundió los dedos en la espalda de él para luego acariciarle los costados y las caderas. Intentó agarrarlo y obligarle a penetrarla, pero Drago, tras lanzar una maldición, se separó de ella.

—Un preservativo —dijo Drago.

Holly no supo cómo, pero Drago encontró uno en el escritorio. Ella le contempló mientras se lo ponía, deleitándose en la belleza de aquel cuerpo. Drago le cubrió el sexo con una mano y ella se mordió los labios para no gritar. Entonces sintió un dedo dentro y esta vez no pudo contener el grito de placer.

Drago continuó acariciándole el sexo, haciéndola enloquecer.

—Estás a punto, *cara* —dijo Drago—. Pero, por mucho que me cueste, no voy a tomar lo que me estás ofreciendo.

Holly abrió los ojos.

–Tómalo, por favor.

Drago sacudió la cabeza y a ella se le encogió el corazón. ¿Qué quería Drago, vengarse? ¿Iba a echarla de allí en ese momento?

Una intensa amargura se apoderó de ella.

Pero se disipó al instante, cuando le oyó decir:

–Todavía no. Primero quiero que tengas un orgasmo –Drago volvió a acariciarla y ella tembló de placer–. Quiero oírte pronunciar mi nombre con gemidos, Holly. Quiero que me supliques que te haga alcanzar el clímax.

–Te lo ruego desde ya –contestó Holly con el cuerpo en llamas–. No me avergüenza confesarlo.

Drago se echó a reír, fue una risa ronca y teñida de pasión.

–Paciencia, *cara*. Vale la pena esperar.

–Llevo un año esperando –confesó ella, y los ojos de Drago se oscurecieron.

Pero no de ira, sino de pasión. Drago tenía tantas ganas como ella, lo que ocurría era que no quería admitirlo. O quizá se tratara de que Drago di Navarra estaba acostumbrado a no perder el control, a controlar sus pasiones.

Pero Holly quería que perdiera el control. No sabía por qué eso era importante para ella, pero lo era. Quería que Drago se entregara por completo a lo que estaban haciendo, sin reservas.

Apoyándose en los codos, se incorporó y lo agarró. Estaba tan caliente y tan duro que se preguntó cómo podía Drago soportarlo. Porque ella a duras penas lograba aguantar el vacío de su sexo, un sexo que clamaba que lo ocuparan, que lo llenaran.

—Te lo ruego, Drago. Te lo ruego.

Los ojos de Drago volvieron a oscurecer. Entonces, bajó la cabeza y la besó. Fue un beso tan dulce y perfecto que le soltó para poder rodearle el cuello con los brazos.

Por fin, Drago, atrapado entre los brazos y las piernas de ella, se deslizó en su interior. Y ella jadeó al sentir el miembro de Drago llenándola.

Holly cerró los ojos.

—No cierres los ojos, *bella*. Mírame.

Holly abrió los ojos y se encontró con la intensidad de la mirada de él. El estómago le dio un vuelco al ver su expresión, tan intensa, tan hermosa. Al menos, en ese momento, Drago era suyo.

Entonces, agarrándole las caderas, Drago cerró los ojos y echó la cabeza hacia atrás. Movió las caderas, saliendo de ella casi completamente, para volver a llenarla plenamente.

Drago continuó llenándola hasta que la tensión en su cuerpo se liberó, lanzándola a un espacio infinito. El cuerpo le temblaba de placer mientras gritaba. Podía oler su pasión, una mezcla de fuego, sudor y sexo. Pero, sobre todo, le olía a él. Drago estaba caliente y duro, vibraba, y poseía su cuerpo en ese momento.

Entonces, tomándola por sorpresa, Drago salió de ella, la hizo volverse encima del escritorio hasta quedar boca abajo, con los pechos pegados al tablero.

Extendiendo los brazos, Holly se agarró a los bordes de la mesa mientras Drago volvía a penetrarla. No creía poder tener otro orgasmo, pero cuando Drago, por debajo de ella, le acarició el clítoris, comenzó a gemir una vez más y la tensión fue en aumento.

Holly volvió a tener un orgasmo mientras Drago continuaba moviéndose a empellones, hasta el momento en que se quedó muy quieto, tenso, y pronunció el nombre de ella con un quebrado gruñido.

–*Dio*, Holly. Lo que me haces debería estar prohibido por ley –dijo Drago aún temblando, aún dentro de ella.

Holly rio. Era una risa sensual, la risa de una mujer satisfecha.

Drago salió de su cuerpo y la ayudó a incorporarse. Entonces, la abrazó y la besó. Después, apoyó la frente en la suya.

–Voy a llevarte a la cama, Holly. A mi cama. ¿Te parece bien?

Holly pensó en la fiesta, en su hijo, en Drago...

–Me parece perfecto.

Drago sonrió traviesamente.

–Eso era lo que quería oírte decir.

Drago se despertó justo antes del amanecer. Se sentía diferente. Le llevó unos minutos darse cuenta de qué le pasaba.

Se sentía feliz.

Frunció el ceño. No debería sentirse feliz.

Debería estar sumamente enfadado con la mujer tumbada a su lado. Y lo había estado. Pero había dejado de estar después de perderse en el cuerpo de ella. Ahora, solo le quedaba tristeza, dolor y deseo. Mucho deseo.

Drago apartó la ropa de la cama y se levantó sigilosamente para no despertar a Holly. Se puso unos vaqueros. No sabía cuándo había terminado la fiesta ni cuándo se habían marchado los invitados.

Salió del dormitorio y se acercó al cuarto del niño, que daba al pasillo, apenas unos puertas más allá.

El niño era hijo suyo. No sabía lo que eso significaba para él, solo que era importante.

Entró en el cuarto del pequeño y se acercó a la cuna. El bebé estaba tumbado boca arriba con los ojos cerrados. Se lo quedó mirando. Ese niño era parte de él. Era un Di Navarra.

Una intensa emoción se le agarró a la garganta. Quería agarrar al niño y abrazarlo, pero no iba a hacerlo. No quería despertarlo.

Mientras observaba al bebé pensó en su propia madre. ¿Había sentido ella por él alguna vez ese deseo de protegerle a toda costa, como él sentía en esos momentos por su hijo?

No lo creía. Tampoco comprendía el porqué de esos sentimientos hacia su hijo. Aunque casi no conocía al niño, sabía que jamás permitiría que nada ni nadie le hiciera daño. Nunca.

Los ojos se le llenaron de lágrimas.

Cuando por fin se dio media vuelta para marcharse, se quedó de piedra. Holly estaba en el umbral de la puerta, con el cabello revuelto cayéndole sobre los hombros, vestida solo con una camisa de él. Estaba preciosa, inocente y sensual al mismo tiempo.

–¿Cómo está? –preguntó ella en un susurro.

–Dormido.

Holly se acercó y miró a su hijo. Sonrió y Drago sintió un terrible deseo de besarla.

–Es precioso –dijo ella con voz suave–. Y es un niño muy bueno.

Entonces, Holly alzó el rostro y lo miró, y a él se le clavó en el corazón la tristeza que vio en esa sonrisa. Le sorprendía hasta qué punto le afectaba Holly, lo mucho que deseaba protegerla a ella también.

Apenas hacía unas horas le había dicho que le daría dinero a cambio de que se marchara y dejara al niño con él. Ahora, no podía imaginar permitirle que se separara de su lado. Y eso le asustaba.

Holly, con el ceño arrugado, alzó una mano y le acarició la mejilla.

–No te preocupes –dijo ella–. Todo va a ir bien. Nicky te va a querer con locura.

–Sí, supongo –respondió Drago.

Holly le rodeó la cintura con los brazos y apoyó la cabeza en su pecho.

–Ya verás como todo sale bien. Todo va a ser perfecto.

Drago quería creerla, pero sabía que nada era perfecto.

Capítulo 12

EL TIEMPO fue pasando. Placenteramente. Jugaba con Nicky, leía y experimentaba con mezclas de perfumes. Drago le había proporcionado todo lo que necesitaba.

Drago trabajaba desde casa gran parte del tiempo, aunque a veces se levantaba temprano e iba en helicóptero a las oficinas que tenía en Roma. Ella le echaba de menos durante esas ausencias. Hacían el amor y no parecían saciarse el uno del otro. Y Nicky y Drago cada día estaban más unidos.

Pero aunque la vida era tan grata esos días, no estaba libre de preocupaciones. Drago y ella evitaban hablar del futuro.

La campaña publicitaria de Sky se había retrasado, por lo que ella tenía tiempo libre para perfeccionar sus perfumes. Había hecho pruebas con Colette y había quedado sumamente satisfecha con el resultado. Había dado unas muestras de su perfume a las empleadas de la casa y también a la cocinera. Algunas de las empleadas se ponían Colette; Drago, si lo había notado, no daba muestras de ello.

Holly olfateó la muestra y cerró los ojos. El aroma le hizo pensar en su hogar, en su abuela, y una lágrima le resbaló por la mejilla. Echaba mucho de menos a su abuela.

–Holly.

La voz de Drago la sacó de su ensimismamiento bruscamente. Con rapidez, se dio media vuelta y se secó las lágrimas.

–¿Qué te pasa? –le preguntó Drago acercándosele.

–Estaba pensando en mi abuela –respondió Holly con voz ronca.

–Siento mucho que la perdieras, Holly.

–Es la vida.

Drago la abrazó. Ella apoyó la cabeza en su pecho e inhaló su aroma. Le encantaba su olor. Ese día no se había puesto colonia, pero a ella se le antojó que olía a peras. Ni dulces ni ácidas. Deliciosas y refrescantes. Sí, así era Drago.

–Sí, es la vida, pero duele.

Se quedaron abrazados un rato. Por fin, ella se apartó, alzó el rostro y sonrió.

–No te preocupes, Drago, estoy bien. Es solo que, a veces, la echo mucho de menos.

Drago le agarró la mano y salieron a la terraza. Allí, se sentaron en un sofá a la sombra de una parra de la que colgaban gordas uvas listas para ser recogidas.

–Háblame de ella –dijo Drago.

–Como ya te he dicho en alguna ocasión, mi abuela me crio. No llegué a conocer a mi padre y mi madre murió cuando yo era pequeña. Mi abuelo había muerto hacía años, así que la abuela y yo estábamos solas. Mi abuela cultivaba muchas cosas: verduras, hierbas aromáticas y flores. Comíamos bien y hacíamos perfumes.

Tuve una infancia maravillosa. Nunca eché en falta nada.

–Y luego ella murió y tú perdiste su casa.

Holly asintió.

–La abuela no tenía seguro médico. Por eso, cuando enfermó de cáncer, tuvo que hipotecar la casa para pagar el tratamiento. Yo no pude cubrir las deudas y... En fin, ahora es la casa de otros, solo espero que quieran esa casa tanto como yo.

Drago le acarició la mano.

En ese momento, una de las empleadas de hogar apareció en la terraza y les preguntó si querían algo de beber. Drago pidió una botella de vino y agua. Holly notó que la empleada se había puesto Colette.

Drago se quedó mirando a la empleada mientras se alejaba y luego volvió el rostro hacia ella.

–No creas que no he notado que todas las mujeres que hay en esta casa huelen como tú –comentó Drago en tono ligero.

Holly se encogió de hombros.

–Suponía que lo notarías. ¿Estás enfadado?

Drago se echó a reír.

–Yo no obligo a mis empleadas a utilizar los productos de mi empresa, *cara*. Lo que se ponen es tu Colette, ¿no?

Holly sintió una inmensa alegría.

–Sí. La abuela y yo lo hicimos juntas.

Drago se quedó pensativo.

–Creo que me gusta. Huele a fresco, no es fuerte. Es floral, pero no empalagoso.

Holly asintió.

–Sí, exactamente.

En ese momento, la empleada regresó con la botella de vino y el agua... y dejaron de hablar del perfume.

Al día siguiente, cuando Holly se despertó, Drago se había marchado a Roma a encargarse de unos asuntos de trabajo.

Ella pasó la mañana con Nicky y Sylvia. Al mediodía, acostó a Nicky y fue a la habitación en la que había instalado el equipo para sus mezclas de aromas.

Estaba ocupada con los perfumes cuando llamaron a la puerta.

–Adelante –dijo ella, y una empleada asomó la cabeza en el cuarto.

–Señorita, ha venido un hombre a verla.

Holly parpadeó.

–¿A mí? ¿Está usted segura?

–Sí. Es el señor Lazzari. Quiere hablar con usted.

Hacía dos semanas que no pensaba en Santo Lazzari, le sorprendió mucho que estuviera allí. No obstante, no había ningún motivo para negarse a verle. Santo sabía que ella era el nuevo rostro de Sky. Y Santo tenía una relación de negocios con Drago.

–Dígale que ahora mismo bajo.

La empleada asintió. Holly cerró los frascos con las esencias, hizo unas anotaciones y fue a ver a Santo.

Capítulo 13

HOLLY estaba entusiasmada. Santo Lazzari quería que hiciera perfumes para la Casa de Lazzari. Quería comprar Colette. Su sueño se había convertido en realidad.

Pero también había tristeza en su alegría. Drago. Le habría gustado que él hubiera querido comprar Colette.

Pero Drago no parecía interesado en su perfume. El día anterior, cuando había creído que por fin iban a hablar de su perfume, Drago la había besado. Y luego la había llevado a la cama, habían hecho el amor y se habían olvidado del perfume.

Ahora, en el cuarto donde trabajaba, esperaba a que Drago volviera de Roma. Le había dicho a Santo que iba a pensarlo, pero lo que quería saber era la opinión de Drago. ¿Querría comprar Colette o no le interesaba en lo más mínimo?

Por fin, cuando el sol empezaba a ocultarse en el horizonte, oyó el helicóptero y salió a recibirlo.

–Holly –dijo él al verla.

Unos instantes después, estaban abrazados. Drago la besó profunda y apasionadamente.

–He traído una cosa para ti –dijo él cuando por fin apartó el rostro del de ella.

La pasión brillaba en los ojos de Drago cuando, de repente, se metió la mano en el bolsillo y sacó una caja pequeña de terciopelo.

A Holly el corazón pareció querer salírsele del pecho.

–¿Qué es?

–Abre la caja.

Nunca le habían regalado una joya. El mundo pareció girar a su alrededor.

–Me parece que no puedo –declaró ella con voz temblorosa.

–Deja que lo haga yo por ti –dijo Drago mirándola a los ojos mientras abría la caja.

Era un anillo. No había error posible, era un anillo de compromiso. Tenía un brillante en el centro y este estaba rodeado de brillantes más pequeños, engarzado en platino.

–Cásate conmigo, Holly –dijo Drago–. Demos a Nicky un hogar y, en el futuro, todo esto será suyo.

A Holly se le llenaron los ojos de lágrimas.

–No sé qué decir.

Durante unos momentos, Drago pareció inseguro.

–Di que sí.

Eso quería hacer. Desesperadamente. Pero antes tenía que saber lo que Drago sentía por ella.

–¿Me amas, Drago?

–Te aprecio –respondió él.

Y a ella se le partió el corazón.

Se dijo a sí misma que era una tontería la tristeza que sentía, la desilusión. Era demasiado pronto para pedir más. Drago le había propuesto casarse con él, había ofrecido un hogar para Nicky, formar una familia. Sabía lo importante que eso era para Drago, un hombre que no había tenido nunca un hogar.

¿Qué más podía pedir en ese momento? El problema era que quería más. Quería que Drago sintiera por ella lo que ella por él. Quería que la amase.

–Santo Lazzari quiere comprarme Colette –declaró Holly en un susurro apenas audible, porque no podía decir lo que realmente estaba pensando. No podía abrirle su corazón y menos ahora que estaba segura que Drago no sentía lo mismo que ella.

La expresión de Drago cambió. Pasó de la incredulidad, al dolor, a la soledad y, por fin, a la furia. Él cerró la caja de golpe y ella se sobresaltó.

–¿Y qué tiene Lazzari que ver con esto, Holly? –preguntó Drago con la mandíbula tensa–. ¿Esperas que él te haga una oferta mejor?

Holly se quedó helada.

–¡No! ¡No! Pero has dicho que me aprecias y esto es importante para mí. Todavía no me has dicho nada del perfume, y llevo esperando...

La expresión de Drago se tornó aún más fiera.

–¿Crees que hablarme de Lazzari me va a hacer comprar tu perfume? Te he ofrecido más de lo que nunca hubieras podido soñar: dinero, posición social, incluso poder. ¿Y a ti solo te preocupan tus perfumes?

¡No! Drago creía que quería vender su perfume con el fin de ganar mucho dinero. Creía que ella era una mujer ambiciosa y avara a quien no le importaba la felicidad y el amor.

Drago no la conocía, no la conocía en absoluto. Había pasado semanas con ella, pero no tenía ni idea de cómo era. Y eso le dolió más de lo que hubiera creído posible.

Casi a ciegas, se dio media vuelta y comenzó a alejarse. Tenía que marcharse de allí, huir.

–¿Adónde vas? –gritó él–. ¡Holly! ¡Holly!

Drago regresó a Roma. Al llegar a su piso, cerró de un portazo y tiró la cartera en el sofá. Después, se sacó del bolsillo la caja con el anillo y quiso lanzar un grito de frustración.

Había vuelto a equivocarse con ella. Había pensado que Holly lo deseaba, que quería formar parte de su vida, pero ella lo único que quería era venderle su perfume y había utilizado a Santo Lazzari para conseguirlo. Y había intentado hacerle confesar su amor por ella, como si eso cambiara algo.

Amor. ¿Qué imbécil se enamoraría de ella?

Drago se pasó una mano por el cabello. Él no sabía qué era el amor. En su opinión, el amor era un sentimiento peligroso. Cuando se amaba a alguien se daba a otra persona el poder de destruirle a uno.

Había pasado años queriendo a su madre sin que ella le correspondiese. Le había llevado años sobreponerse a ello y no estaba dispuesto a sentirse tan vulnerable nunca.

Y Holly lo sabía. Sabía lo dura que había sido su vida y, sin embargo, había continuado presionándolo.

Santo Lazzari. ¡Cielos! Apenas habían pasado unas semanas desde la fiesta y Holly ya estaba tramando argucias para vender su perfume a través de otra empresa. Le enfurecía que ella le hubiera traicionado, que hubiera hablado con Santo en vez de con él.

Se acercó al mueble bar y se sirvió un whisky. Los dedos le temblaban. Se los miró. Después, se acercó a la ventana y reflexionó.

Holly no era su madre. Era muy probable que ella no hubiera acudido a Santo. Recordó que, durante la fiesta, Santo salió con ella a la terraza. Era posible que Santo hubiera hecho algún comentario sobre el perfume que llevaba, a lo que ella habría respondido con la verdad.

Y aunque hubiera sido Holly quien sacara el tema, ¿por qué tenía que importarle?

Si era honesto consigo mismo, debía reconocer que no había mostrado mucho interés en el perfume de Holly, aunque sabía que ella se tomaba muy en serio su trabajo. Había entrado en la habitación en la que Holly mezclaba aromas, había olfateado sus mezclas y había visto sus anotaciones. Sí, Holly era una profesional. Y era buena.

Pero nunca se lo había dicho. ¿Por qué no?

Drago contempló la ciudad que tenía a sus pies. Roma, con sus construcciones milenarias y sus cúpulas. Y se sintió más solo que nunca.

¿Qué estaba haciendo ahí? ¿Por qué no estaba en Toscana con su precioso hijo?

Y con Holly.

Sintió un frío intenso recorrerle el cuerpo. ¿Y si lo había estropeado todo? ¿Y si había ido demasiado lejos? Intentó imaginar la vida sin Holly y sintió un gran vacío.

Había sido un imbécil. Había estado ciego, obsesionado con lo que le había ocurrido hacía más de veinte años. En lo más profundo de su ser, seguía sintiéndose perdido, solo y asustado... a la espera de que lo traicionaran, convencido de que acabarían haciéndolo.

¿Pero y si no era así? ¿Y si él era el problema? ¿Y si Holly era lo que parecía ser, una mujer inocente y confiada que había tenido que hacer milagros para sobrevivir al quedarse embarazada y encontrarse sola?

Drago se apartó de la ventana. Era un idiota. Nadie le había tomado el pelo, se lo había tomado a sí mismo.

Holly se despertó en mitad de la noche con los ojos hinchados y dolor de garganta, consciente de que tenía que marcharse. No habría campaña de Sky para ella. Ni Drago. Haría lo que fuera necesario para que Drago viera a su hijo, pero de momento Nicky le pertenecía y se iba con él.

Se vistió en la oscuridad, hizo el equipaje y fue por Nicky. Con él en los brazos, bajó las escaleras y se quedó en medio del vestíbulo sin saber qué hacer. En una consola vio varios juegos de llaves de coches. Agarró unas, las de un BMW, y fue al garaje.

Le llevó casi tres cuartos de hora sacar el coche del garaje, buscar en un GPS la estación de ferrocarril más cercana y conducir hasta allí. Su plan era ir en tren a Roma, llamar desde allí a Santo Lazzari para hablar con él de Colette y luego tomar un avión a Luisiana. Si conseguía que Santo le diera dinero por adelantado no tendría problemas. Ella tenía algo de dinero, pero no el suficiente para volver a América.

Holly compró el billete para Roma y se sentó en un banco a esperar al tren. Nicky se movió un poco en su silla portátil, pero tenía demasiado sueño para despertarse tan pronto.

Por fin llegó el tren y ella se subió. Encontró un asiento en una ventanilla y, agotada, apoyó la cabeza, que le dolía de tanto llorar, en el cristal.

El tren se puso en marcha y se apoderó de ella una profunda tristeza. ¿Qué iba a hacer para olvidar a Drago una vez más?

Estaba enamorada de él. Su corazón lloraba por lo que podría haber sido y no sería jamás. Volverían a verse por Nicky, lo que le haría más difícil olvidarle.

El tren dio un empellón y empezó a rodar más despacio. No habían salido de la estación cuando se detuvo completamente. Los italianos a bordo no parecían extrañados, pero ella se puso nerviosa. Quería marchase de allí antes de que Drago descubriera su huida. Aunque no esperaba que hubiera regresado de Roma, prefería irse cuanto antes.

Hubo una conmoción en el vagón posterior al suyo. Oyó voces y se volvió, al igual que hicieron otros pasajeros, para ver qué pasaba.

Casi se le paró el corazón al ver a Drago. Agarró la maleta, se puso en pie y tomó a su hijo. Estaba tratando de ir al otro vagón cuando la puerta a sus espaldas se abrió y él gritó su nombre.

Holly se volvió, no había escapatoria.

–Márchate, Drago –dijo ella–. Déjame en paz.

Drago se le acercó.

–Holly, por favor –Drago extendió la mano hacia ella y Holly vio que le temblaba. Pero se negó a que le afectara. Además, estaba convencida de que Drago estaba actuando.

–Para –dijo ella fríamente–. Finges porque no quieres que esta gente piense que eres un monstruo.

–Eso no es verdad. Además, ¿desde cuándo me importa lo que piense la gente?

En eso tenía razón, pensó Holly.

–A ti no te importa nadie.

Drago avanzó un paso más hacia ella, extendiendo el brazo con gesto de súplica.

–Me importas tú.

–No, no es verdad. Lo dices porque he decidido marcharme. ¡Y no puedes obligarme a quedarme! No voy a impedirte que formes parte de la vida de Nicky, pero no me voy a quedar aquí y a dejar que me destroces la vida.

Drago dejó caer el brazo.

–No quiero destrozarte la vida, Holly. Quiero hacer lo que pueda por facilitártela.

Ella lanzó una amarga carcajada.

–¿Cómo? ¿Encerrándome en una jaula de oro? ¿Diciéndome que no soy lo suficientemente buena para ti?

Drago dijo algo que la dejó perpleja:

–Eres demasiado buena para mí, Holly. Soy yo quien no soy suficientemente bueno para ti.

Su ira se disipó al instante. La confusión ocupó su lugar. Quería creerlo, pero...

–¿Estás tramando algo?

Drago sacudió la cabeza. Y, por fin, Holly vio al hombre perdido y solo que había en lo más profundo de Drago.

–No, nada. Soy un idiota, Holly. Me asusta lo mucho que te necesito.

Holly lo miró fijamente, casi no se atrevía a respirar.

–¿Es verdad eso, Drago? ¿Me quieres? ¿O solo estás fingiendo para hacerme volver a tu casa con el fin de evitar que me lleve a Nicky?

Drago estaba delante de ella, alto e imponente, pero a su expresión asomaba tristeza.

–No sé lo que es el amor, Holly. Quería a mi madre, pero a ella no parecía importarle yo. Me abandonó. Yo no significaba nada para ella. ¿Y si soy incapaz de amar? ¿Y si es imposible amarme?

A Holly se le hizo un enorme nudo en la garganta.

–No es imposible amarte, Drago.

La mirada de él mostraba un profundo sufrimiento.

–¿Cómo puedes saberlo?

Holly no pudo contener las lágrimas.

–Porque yo te amo, Drago –confesó ella por fin. Y se alegró de haber pronunciado esas palabras.

Sin saber muy bien cómo, de repente se vio rodeada por los brazos de Drago, Nicky y ella. Drago ocultó el rostro en su cuello.

–No sé qué es el amor –le susurró Drago al oído con voz quebrada por la emoción–. Pero si el amor es sentir que me moriría sin ti, entonces estoy enamorado. Si me dejas, Holly, me sentiré más solo que nunca.

Holly se permitió el lujo de llorar sin contenerse. Los pasajeros del vagón aplaudieron.

–Quiero quedarme contigo, Drago. Pero tengo miedo. Tengo miedo de que vuelvas a hacerme daño.

–Lo sé. He sido un estúpido, Holly. Quiero que vengas a casa conmigo, quiero que te cases conmigo. Y quiero Colette y todos los perfumes que decidas preparar. Quiero que seas feliz, que hagas lo que te gusta. Y siento mucho haberte hecho daño.

Holly respiró hondo. Después, se apartó ligeramente de él, alzó una mano y le acarició la mejilla.

—Te quiero, Drago. Y no te quiero por tu dinero ni por tu empresa de cosmética. Te querría aunque no tuvieras nada.

Drago le secó las lágrimas. Él también tenía los ojos empañados y sonrió para disimular.

—Eso que has dicho está muy bien, teniendo en cuenta de que mi fortuna ronda los ochenta mil millones de dólares. Es muy fácil querer a un hombre rico, *amore mio*.

Holly se echó a reír.

—Es posible, pero no tratándose de ti. ¿Tienes idea de lo insufrible que puedes llegar a ser? A veces sería más fácil amar a un cactus.

Drago lanzó una carcajada que le llegó al corazón.

—Eres imposible, Holly Craig –Drago respiró hondo–. Cásate conmigo. Por favor, ven a casa con nuestro hijo y conmigo y permite que me pase el resto de la vida recompensándote por todo lo que te he hecho pasar.

—Sí –respondió ella sencillamente.

Porque era lo que quería, porque deseaba pasar el resto de la vida en los brazos de ese hombre.

Epílogo

DRAGO levantó la vista de las fotos y vio a su esposa en el despacho, preciosa con ese sencillo vestido y sandalias planas.

–No te había oído llegar –dijo él.

–Ya lo he notado –Holly se le acercó y lanzó una mirada a las fotos–. ¿En serio te parecen bien?

–Claro. Nunca he visto una modelo de perfumes mejor que tú.

–Creo que tus colegas van a pensar que has perdido el juicio –declaró ella.

Drago le agarró la cintura.

–Holly, eres justo lo que quería para la campaña publicitaria. Eres preciosa, pero normal. Las mujeres van a hacer cola para comprar el perfume.

Ella le peinó con los dedos. Después, lo besó.

–Creo que van a hacer cola para comprar Colette.

Drago se echó a reír.

–Puede que no te falte razón. Ya lo veremos, cuando lo lancemos en primavera. ¿Te parece?

Holly se sentó encima de él y Drago la rodeó con los brazos. ¿Cómo podía haber imaginado que podría vivir sin ella?

–Estoy convencida –declaró Holly–. Pero... me temo

que no voy a poder trabajar en tu laboratorio como habíamos pensado.

Drago la miró con incredulidad.

–No lo entiendo, estabas muy ilusionada, era lo que querías hacer. Además, has demostrado lo buena que eres y contaba contigo.

Holly jugueteó con el cuello de su camisa.

–Sí, bueno, pero... En fin, me temo que tantos aromas van a ser demasiado para mí. Me refiero al laboratorio. En casa podría hacer algo, cuando me encuentre bien. Pero todos esos aromas... No, imposible.

Drago sacudió la cabeza.

–Sigo sin comprender –le dijo él.

Holly le besó la nariz.

–Cielo, de eso ya me he dado cuenta. Los olores, cariño, no son recomendables para una mujer en mi estado.

Drago tardó unos segundos en comprender.

–¿Estás embarazada?

La sonrisa de Holly le deslumbró.

–Sí.

Drago la abrazó con fuerza, incapaz de pronunciar palabra. Entonces, asustado, la soltó.

–Perdona, ¿te he apretado mucho?

–No, claro que no –respondió Holly abrazándose a él de nuevo.

–Ah, casi se me había olvidado –dijo Drago al tiempo que abría un cajón–. Acabo de recibir esto. Quería darte una sorpresa.

Holly agarró unos papeles y, al ver lo que era, los ojos se le llenaron de lágrimas.

–La casa de la abuela.

–Tu casa –dijo él con un nudo en el estómago.

–Nuestra casa –Holly le abrazó con fuerza–. Oh, Drago, gracias.

Drago le apartó el cabello del rostro y la besó con ternura.

–Por ti, lo que sea, Holly. Lo que sea.

Holly llenaba su vida. Ella y Nicky. Y pronto también otro hijo.

Su corazón, su vida, rebosaban felicidad.

Bianca.

Una vez es un error, dos se convierte en hábito

La hija de la doncella, Mia Gardiner, sabía que lo que sentía por el multimillonario Carlos O'Connor era una locura... hasta el día que llamó la atención del implacable playboy. Mia era ahora mayor y más sabia, pero no había olvidado la sensación de sus caricias. Y, entonces, como un huracán, Carlos volvió a aparecer... La niña que él conoció era ahora una mujer elegante y sofisticada. Carlos estaba decidido a reavivar su apasionado pasado, pero la resistencia de Mia provocó que le hirviera la sangre. No estaba dispuesto a aceptar una negativa por respuesta, así que utilizó la última carta que le quedaba en la manga: salvar la empresa de Mia a cambio de pasar noches interminables en su cama.

El retorno de su pasado

Lindsay Armstrong

¡YA EN TU PUNTO DE VENTA!

Acepte 2 de nuestras mejores novelas de amor GRATIS

¡Y reciba un regalo sorpresa!

Oferta especial de tiempo limitado

Rellene el cupón y envíelo a
Harlequin Reader Service®
3010 Walden Ave.
P.O. Box 1867
Buffalo, N.Y. 14240-1867

¡Sí! Por favor, envíenme 2 novelas de amor de Harlequin (1 Bianca® y 1 Deseo®) gratis, más el regalo sorpresa. Luego remítanme 4 novelas nuevas todos los meses, las cuales recibiré mucho antes de que aparezcan en librerías, y factúrenme al bajo precio de $3,24 cada una, más $0,25 por envío e impuesto de ventas, si corresponde*. Este es el precio total, y es un ahorro de casi el 20% sobre el precio de portada. ¡Una oferta excelente! Entiendo que el hecho de aceptar estos libros y el regalo no me obliga en forma alguna a la compra de libros adicionales. Y también que puedo devolver cualquier envío y cancelar en cualquier momento. Aún si decido no comprar ningún otro libro de Harlequin, los 2 libros gratis y el regalo sorpresa son míos para siempre.

416 LBN DU7N

Nombre y apellido	(Por favor, letra de molde)
Dirección	Apartamento No.
Ciudad	Estado Zona postal

Esta oferta se limita a un pedido por hogar y no está disponible para los subscriptores actuales de Deseo® y Bianca®.
*Los términos y precios quedan sujetos a cambios sin aviso previo.
Impuestos de ventas aplican en N.Y.

SPN-03   ©2003 Harlequin Enterprises Limited

EMILY McKAY

SU ÚNICO DESEO

Tras haber dedicado toda su vida a la compañía familiar, Dalton Cain no pensaba dejar que su padre regalase su fortuna al Estado. Tendría el legado que le correspondía y Laney Fortino podía ayudarlo, pero no sería fácil que volviese a confiar en él, porque seguía considerándolo un arrogante insoportable.

SU MAYOR AMBICIÓN

Noche tras noche, los pecaminosos juegos de Griffin Cain convirtieron a la seria y conservadora Sydney Edwards en una mujer voluptuosa, pero todo eso terminó cuando Griffin pasó a ser su jefe.

Ella siguió ayudándolo en la sala de juntas... aunque Griffin en realidad la quería en su cama.

Bianca

El oscuro caballero estaba preparado para tomar la inocencia de la dama

El desalmado y desheredado Zakahr Belenki se había abierto camino desde los bajos fondos de Rusia movido por un único objetivo: destruir la Casa Kolovsky, la famosa firma de moda propiedad de la familia que lo había abandonado. Lo único que se interponía en su venganza era su nueva secretaria, Lavinia, cuya refrescante sinceridad, descaro y pasión por el trabajo no solo removían peligrosamente la conciencia de Zakahr... sino también su deseo.

El diablo se viste de Kolovsky

Carol Marinelli